KB061250

나이트 러닝

나이트 러닝

이지 소설집

한겨레출판

차례

나이트 러닝

도레미파솔라.

그러니까 시는, 나중에 발견됐다.

도레미파솔라까지만 있었던 걸 테다. 시는. 어쩌면 발명일지도 모르지.

드리는 말을 하다 말고 벌떡 일어나 가슴께 단추를 풀어 헤치고 목을 긁으며 중얼대기 시작했다.

답답해. 답답하단 말이다.

나는 달릴 테다. 먹을 테다.

나는 언덕으로 갈 테다.

밤의 언덕. 또 시작이다. 나는 재빨리 드리를 경비실 밖

으로 밀어내고 모자를 눌러썼다. 시는 나중에 발명됐지만,
물론 그것도 중요하지만 더 중요한 건 일자리다.

'테다'체는 일종의 암시다. 드리가 '테다'체를 쓰기 시
작하면 몸에 잠복한 수많은 병 중 하나에 발동이 걸린다는
소리다. 그냥 됐다가는 '테다'체로 했던 말을 또 하고, 몸을
긁고, 안절부절못하겠지. 피가 날 정도로 긁어대다가 순간
기절할 거고, 그런 모습을 관계자가 발견한다면 일을 계속
하기는 어려울 것이다. (관계자가 아닌 누가 봐도 그건 정
상적인 모습이 아니다.) 출근한 지 한 달도 안 되어 잘린다
면 우리는 다시 잔느에게 빌붙어야 한다. 그건 드리가 계속
목을 긁는 일보다 더 별로다. 좋은 인생은 빌붙어도 될 만
한 상대에게 빌붙는 거다. 하지만 그런 생이 주어지지 않았
을 경우에는 일자리를 사수해야 한다. 우리는 2인 1조. 어차
피 이런 순간을 위해 드리와 함께 출근한다.

창문 밖 가로등 불빛이 씰룩쎌룩거리는 드리의 궁둥이
를 비췄다. 나는 그걸 바라보다 자리로 돌아왔다. 경비실은
어디라도 시간이 멈춘 듯 비슷했다. 아무도 읽지 않는 신문
이 있고 기능만이 전부인 달력이 걸려 있다. 오래된 책상에
는 직원들의 이름이 적힌 비상 연락망이 투명 테이프로 누
적하게 붙어 있다. 한 번도 걸어본 적 없는 번호들, 마주치

지 않을 사람들. 물론 내 번호는 없다. 있으면 안 된다. 내가 여기 있다는 것은 드리와 나만의 비밀이다. 잔느? 언제나 바쁜 잔느는 우리가 뭘 하는지 잘 모른다. 묻지 않기 때문에 말하지 않지만, 묻는다 해도 사실을 말하기는 쉽지 않다. 아빠와 아들이 한 일자리에 같이 출근한다는 건 누가 봐도 이상하다. 아, 드리는 아빠다. 하지만 아빠는 아빠로 불리는 걸 원치 않는다. 그건 잔느도 마찬가지다. 숙모라고 부르면 질색한다. 삼촌 드레도 마찬가지였다. 가진 게 이름뿐인 사람들이라서 그런 걸까. 드리와 잔느는 그냥 드리와 잔느다.

벽에 걸린 거울 앞에 서본다. 경비원 모자를 쓴 밤의 사내들은 다 거기서 거기다. 내 얼굴에는 드리와 드레의 얼굴이 들어 있다. 얼굴의 내력. 그건 숨기려야 숨길 수 없는 것이다.

박하사탕을 입에 넣자 입안이 화해졌다. 그 향에 많은 것이 떠올랐다. 이를테면 피아졸과 피아졸라 같은 것. 그리고 그 시절 드레의 어떤 모습.

"피아졸라도 생계 때문에 재즈 빠아에서 아르바이트를 했다고."

공연 전 기타 줄을 맞추면서 '빠아'에 힘을 주던 드레의 말을 기억한다. 스스로를 위로하는 동시에 불평하던 말. (이때 나는 피아졸라가 사탕 회사 사장인 줄 알았다. 손님에게 무료로 제공하는 '피아졸'이라는 사탕이 카운터에 늘 수북했기 때문이다.) 서빙을 하고 팁을 받아 챙기던 재즈 바 '샤이'에서의 소년 시절이 어쩌면 내 행복의 전부였던 것 같다. 쌍둥이 형제는 노래하고 잔느가 우리를 진두지휘했던 그때. 잔느는 외국인이라고 무시당하지도 않았고, 그곳에는 무엇보다 드리의 형, 아니 동생 드레가 있었다. 서로 형이라고 우겨대던 쌍둥이 '코리안 브라더스' 말이다. 간판 '샤이' 옆에는 한글로 작게 '조금 부끄러워서'라고 쓰여 있었는데, 뭐가 부끄러운지 물었을 때 드리는 "카페라고 하기에도, 클럽이나 재즈 바라고 하기에도 뭔가 부끄러워서 말이지"라고 답했다. 마음의 소리를 굳이 간판에 쓸 필요는 없다고 생각하면서도 그런 두 사람이 좋았다.

드리와 드레는 '코리안 브라더스'로 출발했다. 그런데 'KOREAN'에서 'K'가 떨어져 나가는 바람에 'OREAN', '오리안 브라더스'가 됐다. 잔느도 원래는 그곳의 출연진이었는데 얼결에 샤이의 운영을 돕게 됐다.

그때 우리 각자가 상상하던 미래가 지금이라는 걸 믿을 수 없다. 우린 활력이 넘쳤다. 잔느와 드레는 아이를 낳겠다고, 드리는 오디션 프로그램에 도전하겠다며 목을 풀던, 말 그대로 '꿈 많던 시절'이었다. 지금 드리는 지독한 병자가 됐고, 나는 무학의 백수, 잔느는 외국인 노동자 신분으로 마을 곳곳으로 일을 하러 다닌다.

"드레가 죽었다고?"

잔느와 드레의 결혼식 전날이었다. 드리와 드레 형제는 간만에 아침 일찍 손을 잡고 목욕탕에 갔는데 얼마 지나지 않아 드리로부터 연락이 왔다. 그때 잔느와 나는 오리안 브라더스가 우리를 웃기고 있다고 생각했다. 게다가 드리의 화법은 언제나 조금씩 어긋나 있었기 때문에 드레가 죽었다고 했을 때도 믿지 않았다. 하지만 드리는 수화기 너머로 하염없이 흐느꼈다.

드레에게는 발작이 있었다. 그는 시도 때도 없이 일어나는 발작으로 우리를 '정상적인 삶'에 머물 수 없게 만들었다. 드리는 드레를 돌봤고, 드레도 드리에게 그런 존재였다. 보호하는 것과 보호받는 것은 어쩌면 같은 이름일 수 있으니까. 그런 우리의 무대에 잔느가 등장했을 때 행운과 행복에 대해 꽤 구체적으로 생각했던 것 같다. 하지만 우리가 상상했던 우주적 행복은 그야말로 우주적으로 실체 없이 사라졌다.

어떻게 단 한 가지도 빠짐없이 모든 게 다 나빠질 수 있을까? 하지만 드레가 죽은 것만큼 나쁜 일은 없으므로 우리 중 누구도 현실에 대해 불평하지 않는다. 큰 슬픔 앞에서 사사로운 불행은 폼을 잡지 못하는 법이다. 슬픔의 위력은 대단하다. 슬픔은 우리를 발가벗기고 초라하게 만든다. 우리는 아주 작은 일에도 웃고, 달리고, 노래한다. 그래야 슬픔의 힘에 눌리지 않기 때문이다.

4번 CCTV에 뭔가 획 지나가는 게 잡혔다. 입에 남아 있던 박하사탕이 꿀떡 넘어갔다. 목구멍에 통증을 느끼면서도 황급히 손전등을 들고 일어섰다. 지하 스튜디오로 향하며 왜 하필 오늘, 왜 하필 이 시간에 무언가 발견되었나, 짜증이 났다. 그러나 동시에 비로소 경비원이 된 것 같다는 기분에 약간 들떴다. CCTV에 찍힌 장소를 찾아가자 흰 원피스의 여자가 서 있었다. 오싹했다. 무덤이 많은 이 도시, 한밤중 소복의 등장이라니.

"거기, 누구세요?"

그녀와 내가 동시에 말했다. 그리고 그녀는 눈이 부신지 전등 빛을 손으로 가린 채 조심스레 다가왔다.

"저는 이번 기상 캐스터 합격잔데요. 사무실이 어디죠?"

오밤중이라는 것만 뺀다면 이상할 게 없는 말이었다. 깔끔한 귀밑 단발에 동그란 눈동자는 지극히 평화로워 보였다. 특이 사항이라면 제 몸만 한 배낭을 멘 것 정도랄까.

"자정에 인터넷에 뜬 사진을 보고 급해서 달려왔는데 아무도 없네요. 방금 올린 거 아닌가요?"

무슨 말을 하는지 알 수 없었다. 새벽 2시에 건물에 들어올 때는 경비실을 거쳐야 한다는 말을 해야 할지. 사무실은 2층이라고 안내해야 할지 고민하다가 결국,

"여기는 제한구역이니 나오세요. 대체 무슨 일인가요?"

최대한 목에 힘을 주어 말했다.

"제 사진을 바꿔야 해요."

"뭐라고요?"

나를 따라 경비실로 올라오는 내내 그녀는 "사진을 바꿔달라"는 말만 반복했다.

"뭘 하려고 하든 지금은 아무도 없어요."

건조하게 말한 후 나는 저벅저벅 그녀를 앞서 걸었다. 무엇이든 자세히 알게 되면 그 질량만큼 피곤해진다. 무엇보다 나는 지금 대리 경비원이다. 설사 그녀가 이곳에서 뭔가를 훔쳤다 해도 드리가 오기 전에는 고발할 수조차 없다.

그녀는 계속 말을 했다.

"합격자 발표 기사에 실린 사진은 최신 거거든요. 다른 사진을 올리고 싶어요."

요는 자신이 이번 기상 캐스터 공채에 뽑혔고 자정 즈음 발표 기사가 인터넷에 올랐는데 원서에 낸 사진이 나왔다. 그런데 그 사진을 교체하고 싶다는 것이었다. 생각보다도 더 별일이 아니었다. 긴급하다는 생각은 전혀 들지 않았다. 여자가 바꿔달라고 내민 증명사진은 교복 차림이었다.

"본인 맞아요?"

끼어들고 싶지 않았지만 사진과 그녀를 번갈아 보니 궁금해졌다.

"원서에는 3개월 이내의 사진을 올려야 한다고 해서 냈는데, 기사에는 그 사진이 아니어도 되잖아요."

더 이상 말려들지 말자.

"어찌 됐든 아침에 다시 오세요. 지금은 해드릴 수 있는 게 없어요."

말투는 최대한 사무적으로, 그리고 모든 일은 내일로.

"아침이면 늦어요. 내일이면 새로운 뉴스가 올라갈 텐데. 바뀐다 해도 이미 과거가 되어버리는데 누가 다시 찾아보겠어요."

피곤한 사람들은 곳곳에 있다. 원치 않는 실랑이는 계

속됐다. 이제 완전한 새벽으로 달리는 시각, 아직 좀 낯선 경비실에서 신입 기상 캐스터의 성장기를 지켜보게 되다니 기구했다. 한밤중 낡은 사진을 들고 나타나 기사를 바꿔달라는 여자와 온몸을 긁으며 밤의 언덕을 달리는 드리, 그리고 그런 아빠를 대신해서 가짜 경비로 일터를 지키는 나. 셋 중 누가 제일 이상할까 생각했다.

여자가 하도 고집을 부려 책상에 붙어 있는 비상 연락망을 훑었다. 뭐라도 하는 척을 해야 했다. 연락망을 발견한 여자는 눈을 반짝였고 말릴 새도 없이 담당자 연락처를 찾아 재빠르게 전화를 걸었다.

"안 돼요. 지금 어디다 전화하는 거예요?"

내가 가짜 경비라서가 아니라 상식적으로 이 시간에 이런 일로 비상 연락망을 쓸 수는 없는 거다. 누가 죽었는데 살았다고 했거나, 반대로 살았는데 죽었다고 기사를 낸 게 아닌 이상 말이다. 다행인지 불행인지 상대는 전화를 받지 않았다. 하지만 여자는 그 와중에 메시지를 남기고는 태연하게 경비실 한쪽에 놓인 소파에 앉았다. 아예 자리를 잡을 모양이었다.

"집에 가 계시면 제가 담당자에게 전달해둘게요."

일단은 그녀를 달래야 했다. 제발 빨리 돌아가기를.

"괜찮아요. 그렇게 수고하실 필요 없어요. 담당자가 출근할 때까지 기다릴게요. 일단은 연락을 좀 더 해보고요. 사진만 전송하면 집에서라도 바꿔줄 수 있지 않을까요?"

그녀는 같은 자세로 쉼 없이 담당 기자에게 전화를 걸고, 문자를 보냈다. 걸고, 보내고, 확인하고, 걸고, 보내고, 확인하고. 척척척. 그래. 시니까 떫은 거지. 말을 들을 사람이라면 이 시간에 여기 나타날 리도 없었다. 그런데 그때 핸드폰 알람이 울렸다. 메시지가 온 모양이었다. 여자는 곧바로 전화를 걸었지만 통화는 되지 않았다.

"세상에. 답문만 한 번 보내오고 전원을 껐어요. 너무한 거 아니에요?"

답을 보내오다니 그게 더 놀라웠다. 아마도 담당자는 전화와 문자 테러에 지쳐 답을 한 후 전화기를 끄고 다시 잠든 모양이었다.

"아침에 해도 되는 거면 왜 이 시간에 여기 왔겠어요. 이대로는 안 되겠어요. 당직 직원이 한 명쯤은 있지 않나요?"

당직을 그러려고 서는 건 아니라고 말해주고 싶었다. 어느덧 경비실에 여자가 있는 것이 익숙하게 느껴졌다. 그래. 새벽에 외롭지 않고 좋지. 이렇게 생각하고 있는데 한 남자가 황급히 건물로 뛰어들어왔다. 목에 걸린 출입증과 익숙한 발걸음이 이곳의 직원임을 증명했다. 다시 긴장할 차례였다. 정체를 들키면 안 된다. 다행히 그는 나를 본체만체하고 사무실로 뛰어올라갔다. 문제는 여자였다. 여자가 그를 놓칠세라 따라 올라갔다. 순식간에 일어난 일들에 나는 속수무책이었다. 설상가상으로 창밖으로는 경비실을 향해 달려오고 있는 드리가 보였다. 일단 드리부터 제자리로 돌려놔야 했다. 문을 열어두고 경비원 모자를 벗었다. 결승점에 다다른 마라토너처럼, 지쳤지만 의기양양한 드리를 경비 자리에 앉히고 나는 방문객인 척 얼른 소파로 자리를 옮겼다. 일단 한숨 돌릴 수 있었다. 건물에 있는 넷이 한꺼번에 마주치는 일만 없다면 괜찮을 것이다. 방금 뛰어올라간 남자가 관건이다.

"불이 났어."

드리는 손으로 부채질을 하며 말했다. 불? 그러고 보니 드리의 온몸이 땀으로 흠뻑 젖어 있었다.

"응. 불이 났다고 활활. 그리고 내가 이걸 주웠어."

그때 내 눈에 들어온 것은 희끄무레한, 핏기 없는, 가느다란, 약간은 물컹해 보이는, 길고 가는 물체였다. 소시지인가. 길고 가는 두 개의 소시지.

"팔이야. 사람의 것 같아."

드리는 정체불명의 희고 가느다란 두 개의 팔을 들고 있었다. 믿을 수 없는 일은 너무 많지만, 손과 손가락까지 멀쩡하게 달린 진짜 팔이 눈앞에 있는 건 몇 번이고 눈을 비빌 일이었다. 사는 일은 왜 항상 너무 뜨겁거나 너무 차가울까. 어째서 중간은 없는 걸까. 절단된 팔을 보고 있자니 현기증이 밀려왔다. 눈앞에 펼쳐진 이걸 믿지 않는다면 대체 무얼 믿어야 할까. 드리가 들고 온 건 어디로 보나 마네킹도 소시지도 아닌 진짜 사람의 팔이었다.

"누가 팔을 흘렸나 보네."

자포자기의 심정으로 나는 이렇게 말했다. 그래 인정하자. 이건 정말 팔이다. 우리는 그을린 두 개의 팔을 탁자 위에 올려두고 살폈다. 어깨의 절단된 부분은 깔끔했고, 피도 흐르지 않았다. 두 개의 팔은 경비실 인테리어의 완성품 같았다.

"중국에서 만든 건가. 가짜 달걀까지도 만든다던데."

드리는 정체 모를, 아니 정체는 사람의 팔임이 분명한 그 물건을 들어 흔들어보기도 자신의 팔에 대보기도 했다. 팔의 상태로 보아 인체박물관에 기증해도 무방할 것 같다(받아준다면 말이다).

"아니, 저는 모른다니까요."

우리가 팔에 정신을 빼고 있을 때였다. 남자의 짜증 섞인 목소리가 들렸다. 그리고 이어서 들리는 여자의 목소리. "사진을 바꿔주세요." 아, 그렇지. 이 건물에 우리 말고 다른 사람이 있었지. 팔 때문에 잠시 잊고 있던 두 사람. 소리는 점점 가까워졌다. 장비를 챙겨 들고나온 남자는 드리와 나를 번갈아 살피더니 드리에게 유에스비를 건넸다. 다행히 2인 1조를 의심하는 것 같지는 않았다. 유에스비에는 여자의 사진 파일이 들어 있을 것이다. 아까 내게 보여준 그 증명사진 말이다. 그는 여자의 얼굴을 한 번 돌아보고 드리를 향해 당부했다.

"아침에 담당자에게 전해주시고요. 그리고 아무나 들여보내면 안 되는 거 아시죠? 저는 불이 났대서 지금 현장으로 가봐야 합니다. 그럼."

"어, 그 불⋯⋯."

드리는 뭐가 그렇게 반가운지 말을 이어가려고 했다. 나는 드리의 옆구리를 쿡 찔렀다. 이것 봐. 나갔다 온 걸 들키면 안 된다고.

"폭염이 무덤을 태웠다고요. 가봐야 할 것 같아요."

남자가 말했다. 드리가 달리고 온 밤의 언덕 얘기인 것 같았다. 폭염은 밤도 태우는 걸까. 하지만 그렇다면 밤은 밤이 아닐 텐데.

"제 사진은 바꿀 수 있는 건가요?"

어김없이 여자는 같은 말을 했다. 그녀는 잘린 팔에도 도시를 태우는 불에도 관심이 없었고 오직 사진 교체가 목표인 듯했다.

나는 그저 이 한밤의 소란이 어서 마무리되기만을 바랐다. 사진기자는 어서 현장으로, 여자는 어서 집으로. 그리고 해가 뜨면 드리와 나도 잔느의 곁으로. 그것이 현재의 소원이었다. 하지만 이 쉬운 소원이 쉽게 이뤄질 것 같지는 않았다. 나갔던 남자가 다시 돌아왔기 때문이다.

"이게 뭐죠?"

사진기자의 눈썰미는 탁자에 놓인 기이한 모양의 그것, 팔을 놓치지 않았다.

"팔입니다. 제가 저쪽 언덕에서 주웠어요."

드리는 의기양양했다. 그래. 전리품 앞에서 근무지 이탈 따위가 대수랴.

"언덕이라면 무덤 말입니까? 어느 무덤이죠?"

이 도시의 언덕은 모조리 무덤이다. 그 와중에도 그는 어디론가 전화를 걸어 현장 출동을 지시했고, 곧바로 드리의 팔, 그러니까 드리가 들고 온 팔을 찍기 시작했다.

"자, 팔 좀 들어보세요."

드리는 자신의 두 팔로 주위 온 두 팔을 들고 히죽거렸고 여자도 팔에 관심을 보였다.

"어머, 진짜 팔이야! 피부 결 좀 봐요!"

그리고 자세히 살피더니 말했다.

"둘 다 왼팔이네요."

그리고 보니 둘 다 왼팔이었다. 나란한 왼손.

"팔이 있던 곳으로 가죠."

사진을 찍고 난 남자는 드리에게 말했고 드리는 신이나서 경비실 문을 열었다. 경비실을 지켜야 하나 잠시 고민했지만 혼자 남아 있는 건 더 이상할 것 같았다. 우리, 그러니까 여자와 나, 드리 그리고 사진기자는 밤의 언덕을 향해 달렸다.

밤은 이제 검지 않았다. 도시 전체가 환했다. 불의 근원지를 향해 달리며 우리는 앞서거니 뒤서거니 했다.

"팔을 주운 곳을 기억하나요?"

"이쪽 언덕에서요. 아무래도 멧돼지가 먹다 남긴 것 같아요. 저 아래 옥수수밭에 멧돼지들이 출몰한다고 들었거든요."

나는 자꾸 떠들어대는 드리가 불안했다. 회사 사람에게 뭔가 들킬까 걱정됐다. 2인 1조를 들켜 일자리를 잃게 되는 것도 두렵지만, 그냥 뭔가 들키는 게 겁났다. 드리의 어떤 상태. 혹은 우리의 불행. 그리고 어쩌면 무덤에 떨어진 팔 같은 모두의 삶.

"그런데 기자신가요?"

관심을 돌리려고 했으나 돌아온 건 질문이었다.

"네. 그런데 그쪽은 누구세요?"

이럴 때 고장 난 라디오처럼 반복되는 여자의 사진 타령은 구세주였다. 그가 사진기자라는 걸 깨닫고 여자가 다시 집요해진 것이다.

"보도에 올라간 사진을 바꿀 수 있을까요? 아침이 되기 전에요."

기자는 당황하지 않고 차분히 응대했다.

"왜 사진을 바꾸려고 하는데요?"

나는 발이 미끄러지지 않도록 조심하며 속도를 조금 줄였다.

"떠난 사람이 돌아왔으면 해서요."

의외의 답변이었다.

"떠난 사람이요?"

드리와 기자의 발걸음이 점점 빨라져 여자와 나는 숨이 차올랐다. 발밑에 돌들이 반짝였다.

"네. 중학교 때 아버지가 집을 나갔는데 그 후 연락 두절이거든요."

드리와 사진기자의 썰룩대는 엉덩이를 따라잡기 위해 우리는 잠시 말을 멈추고 달렸다. 그러면 차라리 실종신고가 낫지 않느냐고 물으려 할 때 앞서가던 드리가 "악!" 소리를 지르며 쓰러졌다. 달려가 보니 바닥에 나동그라져 떨고 있었다. 멧돼지를 잡기 위해 쳐둔 전기선에 감전되어 쓰러진 모양이었다.

"괜찮아요?"

사진기자가 먼저 드리를 부축했다. 앞서 달리던 드리가 아니었다면 누구라도 걸렸을 장소에 멧돼지 퇴치 선이 설치되어 있었다. 사람의 영역이 아닌 듯했다. 우리는 별수 없이 모두 주저앉았다. 드리는 내 무릎을 베고 누웠지만 정신을 잃지는 않아서 입을 가만두지 못했다.

"전기인간이 되었어, 나는. 몸의 물이 다 말라버릴 것 같아."

그렇게 웅얼대면서도 전리품인 팔은 꼭 잡고 있었다. 그때 여자가 배낭에서 구호 박스를 꺼냈다. 그리고 곧 드리의 맥박과 혈압을 쟀다. 세상에. 그런 게 가방에 들어 있었다니.

"늘 갖고 다녀요. 비상사태에 대비해서요."

큰 배낭의 정체를 알게 되었지만, 그래서 정말 이상하다고 생각했지만 드리가 덕을 보는 중이었으므로 잠자코 있었다.

"맥박은 정상인데, 어때요? 이 부분이 아프지는 않아요?"

여자는 아무렇지도 않게 드리의 바지 앞섶을 툭툭 건드렸다. 드리는 울 것 같은 표정으로 나를 바라봤고, 기자만이 그대로 일어나 주변을 여기저기 살피더니 삼단으로 된 멧돼지 전기 충격기를 한 줄씩 걷어 올려 길을 트기 시작했다.

"조심하세요."

걱정되어 말하자 그는 전깃줄 양옆에 달린 플라스틱 손잡이를 들어 보였다. 그래, 이게 도구의 인간, 문명인의 삶인 것이다.

"저쪽이 맞긴 한 거죠?"

드리는 몸을 부르르 떨더니 일어났다.

"초능력이 생기면 어쩌지."

드리 입에서 나온 이 말을 듣고 나니 비로소 완전히 안심이 됐다. 드리는 멀쩡했다.

그런데 곧 더 놀라운 일이 벌어졌다. 우리가 달려가던 밤의 환한 언덕 쪽에서 누군가 달려 나왔기 때문이다. 불길이 번지는 밤의 언덕에서 도망 나오는 모습이 마치 불 속에서 태어나는 신 같았다. 너무나도 환하고 뜨거운 밤이었다.

"잔느?"

드리가 외쳤다. 그렇다. 화신의 존재는 잔느였다. 잔느의 손에는 드리가 들고 있는 것과 같은 팔이 여러 개 들려 있었다. 잔느는 뒤를 돌아 그 팔들을 불 쪽으로 쑥 던졌다. 활활 타오르는 불은 여전히 잔느를 비추는 후광 같았다.

"여긴 어, 어쩐 일이야?"

드리가 소리쳤고 잔느는 우리에게 달려오면서 말했다.

"내가 할 소린 거 같은데? 둘이 여기서 뭐 하는 거야?"

"일단 달리죠. 불이 따라오고 있어요."

기자는 그 와중에도 우리와 불의 사진을 번갈아 찍었다. 우리는 땀에 젖은 채 달리기 시작했다. 도시 전체는 연기로 가득했고 어디선가 사이렌 소리가 울렸다. 전기 충격 때문인지 드리는 달리다가도 종종 휘청거려 눈을 뗄 수가 없었다.

"드리는 왜 저래?"

"멧돼지 퇴치용 전선에 감전됐어요."

"죽지 않은 게 다행이네."

잔느는 놀라지 않고 답했다. 불은 조금 잦아들었는지 속도가 느려졌고, 우리 넷, 아니 잔느까지 다섯 사람은 한숨 돌리며 달리던 속도를 늦췄다.

"서로들 아는 사이예요?"

기자는 여전히 달리며 드리에게 물었고, 드리는 고개를 끄덕였다. 여자는 그 와중에도 어디론가 전화를 걸었는데 연락이 닿았는지 사진을 바꿔달라는 말을 하고 있었다.

나는 우리가 멧돼지 떼 같다고 생각했다. 혼자는 다니지 않는 멧돼지 가족. 덩치만 크고 겁 많은 잡식성 동물. 달릴 수 있으니, 그래서 겁을 감출 수 있으니 얼마나 다행인가 잠시 생각했다. 누군가 감전돼도 함께 달리는 밤의 멧돼지들.

"팔을 태우다가 이렇게 됐어."

잔느는 나보다 한발 앞서 달리며 답했다.

"그런데 불이 옮겨붙은 거 같아. 어떡하지. 벌금을 내야 할 거야."

잔느가 불을 냈다고 생각하니 아찔했다.

"불은 다른 데서 시작됐을 수도 있어요. 여기는 바람이 많으니까요."

잔느도 나 자신도 안심시키고 싶었다.

"그 팔들은 대체 뭐예요?"

잔느가 팔을 들어 보였다.

"내 팔이야."

그러고 보니 잔느의 왼쪽 팔이 없었다. 달리다 말고 멈춰 섰다. 비명이 나왔다. 외팔이 잔느.

"팔이……!"

밤은 사이렌 소리로 소란스러워졌다. 그 사이렌이 쫓는 게 불인지, 우리인지 정확히 알 수 없었다. 마침 불길이 번지는 속도가 조금 더 더뎌졌고 우리는 멈춰 잠시 숨을 골랐다. 하지만 곧 달려야 할 걸 알았기에 얼른 잔느에게 물었다.

"팔이 대체 왜 그래요?"

잔느는 자신의 팔을 바라보며 답했다.

"잘랐어."

팔을? 자기 팔을?

"잔느 팔을 잔느가 잘랐다고요?"

"응. 잘라도 다음 날이면 다시 돋아나서 괜찮아."

어째서?

"처음엔 혹시 드레를 다시 볼 수 있을까 해서 잘랐어. 한쪽 팔이라도 자르면 그가 돌아올까 해서 잘랐는데 다음 날 보니까 팔이 다시 자랐더라고."

알아들을 수 없는 말이 밤의 언덕을 태웠다.

불로 환한 바닥에는 동물의 뼈 같은 것이 간혹 보였다. 내가 어디에 서 있는지 점점 알 수 없었다.

"한국어 교실에 다닐 때 '내 눈에 흙이 들어와도 허락할 수 없다'라는 말이랑 '혀를 뽑아 버린다'는 말이 신기했어. 내 몸의 무엇을 어떻게 하겠다는 말. 그러다 같은 반 친구가 '한쪽 팔을 잘라서라도 잃어버린 아이를 다시 볼 수 있다면'이라는 작문을 해 왔는데 그게 너무 슬프면서도 나도 한번 해보고 싶었어. 친구는 이 도시에 와서 아이를 잃었대. 나는 다른 곳에서 남편을 잃고 이 도시로 왔는데 말이야."

잔느는 매일 팔을 자르다가 너무 많이 쌓여서 언덕에 올라 골짜기 한쪽에 모아두었다고 했다.

"팔이 너무 많이 쌓여 굴러다니는 거야. 묻을까 하다 조금씩 잘 태웠는데…… 오늘은 불이 번졌어. 어떡하지. 나는 이제 감옥에 가게 될까?"

불길에서 제법 멀어졌지만 우리는 여전히 헐떡거렸다.

그때 흰옷의 여자가 내게 돌진해 이렇게 말했다.

"사진을 바꿔주겠대요! 지금 핸드폰으로 전송했어요."

도시가 모두 불탄다면 소용없는 일이 되겠지만 그녀는 정말로 기뻐했다. 이 끝을 보지 못했다면 그녀가 바라는 일이 사진 교체라는 걸 여전히 믿지 못했을 것이다.

밤의 언덕은 점점 더 환해졌다.

"나도 그 마음을 알아요. 팔을 자르는 마음."

마음이 좀 편해졌는지 여자가 잔느에게 말했다.

"한쪽 팔을 잘라서 보고 싶은 사람을 볼 수 있다면 저는 양쪽 팔을, 다리를 다 잘랐을 거예요."

여자가 방송국에 찾아온 이유가 떠올랐다. 그리운 사람이 자신의 변한 얼굴을 알아보지 못할까 봐 예전 사진을 들고 올라온 그 마음.

"저는 아빠 사진으로 포스터를 만들었던 적도 있어요. 제 학창시절은 알지만 모르는 한 사람을 향한 마음으로 도배됐죠."

대화를 나누다가도 우리는 또 달렸다. 그렇게 앞서 뛰면 곧 드리와 남자도 뒤따라왔다. 다행히 환한 불빛은 점점 멀어졌지만 둥근 언덕을 달리고 있자니 결국 다시 그곳으로 돌아갈 것만 같았다.

"현수막 걸 생각은 안 해봤어요? 실종 신고하고 그렇게 많이 하잖아요. 그래도 집을 나간 거라면, 고의로 가출한 거라면, 그래서 오래도록 못 봤다면 떠나버린 사람이 원망스럽지 않아요?"

나도 모르게 마음의 소리가 나왔다. 떠난 사람은 찾지 않는 편이 나을 수도 있다.

"살아 있다면 일단 찾아야죠. 죽었다면 연락이 오지 않았을까요? 저는 꼭 찾을 거예요. 찾아서 이번에는 내가 아빠를 버릴 거예요. 그래야 공평하잖아요."

버리기 위해 찾는다고…… 그때 뭔가 발에 걸렸다. 또 팔이었다. 잔느가 들고 달리다 떨어뜨린 모양이었다. 나는 잔느의 일부를 주워 들고 다시 달렸다. 이제 숨이 차다 못해 어지러웠다. 목도 말랐다.

나는 이 뜨거운 열기 속에서 드레가 죽었던 날을 떠올렸다. 뜨거운 탕 속에 몸을 담그고 있다가 드리가 잠시 자리를 비운 사이 드레는 물에 빠져 죽었다. 하필 그 짧은 순간 발작이 일어난 것이다. 그렇게 단 몇 초 만에 드레는 목욕탕에서 익사했다. 남들이 볼 땐 희비극이 공존하는 죽음이었지만 우리에겐 비극뿐이었다. 그리고 잔느는 지금도 매일 팔을 자르고 있다.

사이렌 소리가 자신을 쫓는다고 생각해서인지 잔느는 점점 더 빨라졌다. 나는 너무 벌어지기 전에 따라잡기 위해 다시 잔느를 향해 달렸고, 여자도 달렸다. 드리와 기자도 우리 뒤에서 쉬지 않고 달려왔다. 모두 이대로 어떤 행성까지 달려갈 것 같은 밤이었다.

도레미파솔라.

그러니까 시는, 나중에 발견됐다.

도레미파솔라까지만 있었던 걸 테다. 시는. 어쩌면 발명일지도 모르지.

드리는 우리 모두를 제치고 선두로 달리며 소리쳤다. 이제 아예 웃통을 벗어서 풀어 헤칠 것도 없었다. 땀으로 범벅된 드리의 온몸에 리히텐베르크 무늬가 나타나기 시작했다. 사이렌 소리가 아주 가까이에서 들렸다.

뜨겁고 환한 밤의 언덕을 전기인간과 사진기자, 간호사였을지도 모르는 기상 캐스터와 외팔이 잔느가 앞서거니 뒤서거니 달렸다.

어떤 하룻밤은 아주 짧지만 어떤 하룻밤은 모든 것을 바꿔놓기도 한다. 나는 그 어떤 밤, 끝도 없이 달리며 생의 내력에 대해 생각했다. 나와 드리와 드리의 몸에 번진 무늬처럼 새겨진 것들. 잔느의 팔과 여자의 사진, 그리고 시의 발명 혹은 발견 같은 것들에 대해서 말이다.

슈슈

눈을 뜨자마자 창가 자리 투숙객과 눈이 마주쳤다. 둥근 눈에 가무잡잡한 피부, 나는 잠결에도 풀라(이슬람권 바비인형으로 중동 지역에서만 볼 수 있는 꽃 이름이기도 하다)를 떠올렸다. 풀라는 먼저 인사를 건네왔고 나는 일어나 한방을 쓸 사람들과 인사를 나눴다. 그녀의 이름은 바리스카. 아버지가 좋아하던 배우의 이름이라고 설명했다. 어쩐지 징그러웠다. 아버지의 여자라니. 내 이름은 뭐라고 소개할까. 욘욘슨이라고 할까. 드레스덴에서는 거의 모두가 이름을 바꿨다. 이름 정도는 얼마든지 바꿔도 그만이다.

"내 이름은 오리예요. 오리."

어릴 적 미드에 나온 '오르가슴'이 뭐냐고 물었을 때 언니가 '오리 가슴'이라고 둘러댔던 게 두고두고 재밌어서 만든 아이디 '오리 가슴'. 그러니까 나는 오리.

바리스카의 눈에 나는 어떻게 보일까. 수지(동양인 바비인형)처럼 보일까. 내가 그녀를 폴라로 본다면 그녀의 눈에 나는 수지로 보이겠지. 대체로 자신의 외모와 관계없이 그런 시선으로 세상을 살아간다. 아무래도 상관없다. 우리는 서로 타국의 바보들이다.

"기도해도 될까요."

바리스카가 물었다. 고개를 끄덕였다. 기도라면, 마음의 바람이라면 그것쯤은 마음대로 해도 되는 게 아닐까. 생각은 자유잖아.

"생각은 자유로워, 누가 알아맞힐 수 있을까. 생각은 밤의 그림자같이 날아다닐 뿐 어떤 누구도 알 수 없고, 어떤 사냥꾼도 맞출 수 없네. 누가 나를 어두운 감옥에 가둔다 해도 그 모든 건 그저 헛수고일 뿐이라네. 왜냐하면 나의 생각이 철창과 장벽들을 산산이 부숴버리기 때문이야. 생각은 자유니까."

P가 회식 자리에서 불렀던 독일 민요가 떠올랐다. 다들 웃음을 참느라 얼굴이 일그러졌던 것도. 그랬던 P는 지금 감옥에 있다. 그곳에서 어떤 꿈을 꿀까. 천장에 붙어 고독한 자세로 고독한 자기 자신을 바라볼지도 모른다. 자유를 사랑하는 자신에 대한 연민. 누구나 자유를 사랑한다. 다만 각

자 생각하는 자유가 다를 뿐이다. 같은 언어를 쓴다는 이유로 P를 믿은 적이 있다. 말에 대한 정의는 서로 다를 수 있다는 것을 간과했고 그 어리석음으로 인해 결과적으로 나는 만신창이가 되었다. 정치인들이 민주주의라 부르며 각자의 정의로 싸우듯, 사랑과 위선이라는 말도 각각 다르게 사용할 수 있다는 걸 그땐 몰랐다.

바리스카가 히잡을 갖춰 쓰더니 절을 시작했다. 그녀가 말한 건 마음의 기도가 아니라 몸의 기도였다. 생각은 자유지만 행동은 자유가 아니니 양해를 구할 수밖에. 나는 자외선 차단제를 바르며 그녀가 절하는 모습을 지켜봤다. 인간은 경건하게 신에게 기도하지만, 그때마다 엉덩이를 타인에게 보여야 한다. 이건 괜찮은 걸까.

가운데 침대의 여자애는 눈이 부신지 머리끝까지 담요를 뒤집어쓴 채 누워 있는데, 큰 키 때문에 슈슈, 슈슈, 숨소리가 날 때마다 머리나 발 한쪽이 약간씩 삐져나왔다. 그 모습이 꼭 누에고치 같았다.

올드타운의 낡은 삼인실 여성용 도미토리에서 한 사람은 기도를 하고, 한 사람은 누에고치처럼 잠들어 있고, 다른 한 사람은 그 모습을 바라보고 있었다.

슈슈. 밤의 숨소리를 생각했다. 컴컴한 가운데 슈슈, 푹 잠든 소리, 슈슈, 혹은 휴휴, 퓨퓨. 나는 올드타운을 걸을 때 밤의 그 소리를 생각했다.

이복 언니가 집을 떠난 지 10년이 넘었다. 막 아버지가 돌아가셨으므로 자연스러운 일이었고 그래서 한편 부럽기도 했다. 언니는 이제 '우리들'에게서 자유로워진 것이다. 떠날 명분도 생겼고, 남는다 해도 얻을 수 있는 게 적었다. 엄마는 녹록한 사람이 아니었다.

반대로 나는 유학을 중단한 채 돌아와 발작을 일으키는 엄마를 견디고 돌보며 외롭게 살아남아야 했다. 도망갈 곳은 없었다. 아버지 투병 기간 내내 엄마와 언니가 고생했다는 것을 알고 있었다. (사실 나의 유학 생활은 거의 완벽하게 괴로웠기 때문에 부고가 나를 살렸다는 생각도 했다.)

나는 제네바에서 고군분투하며 고등학교 시절을 보냈다. 이건 일반적으로는 설명하기 어려운, 정말 다른 종류의 괴로움일 수 있다. 그곳은 최고의 사립학교인 만큼 많은 것을 가르쳐줬지만 그렇다고 고급 스키복을 주거나 명품백, 수학여행용 비행기 표를 주는 것은 아니었으므로 나는 학교에 갇혀 악착같이 공부하는 동양 여자애 역할을 수행해야 했다. 집에서 보내주는 돈으로는 근근한 학교생활밖에

할 수 없었다.

친절한 상류층이었던 친구—이렇게 불러도 된다면—들은 한 번도 대놓고 나를 무시한 적은 없지만 나는 언제나 위축됐다. 친절한 언어로 하는 정확한 거절은 그곳에서 습득했다.

"너는 왜 기차를 타?"

인도네시아인인 룸메 아유는 이런 질문을 하기도 했다. 아유의 부모님은 기숙사를 수시로 방문했는데 그때마다 개인 비행기로 이동했으니 나를 이해하지 못하는 것도 어쩌면 당연했다. 겉으로 보이는 인종 차별은 많이 사라졌지만, 자본으로 인한 차별은 언제나 공고했고 아무도 토를 달지 않았다. 아유의 부모님은 나를 바라볼 때면 휴양지에 놀러 온 백인의 미소를 지었다. 그래도 나는 꿋꿋이 새벽이면 학교 축구팀에 나가 공을 찼고 여가 활동으로는 스키를, 프랑스어 시간에는 한국식 공부법으로 우등생의 자리를 놓치지 않았다. 물론 친구들과 함께 쇼핑할 수는 없었고, 모국어로 고민을 나눌 수도 없었다. 한국인 학생이 전혀 없는 것은 아니었지만 그들과의 격차는 더 컸다. 이름만 대면 알 만한 집 아이들과 나 사이에는 단단하고 투명한, 그래서 더 거대한 벽이 있었다.

상담 선생님과도 영어로 얘기해야 한다면 어떻겠는가. 외국어는 슬픈 거짓말이다. 그곳에서 나는 슬픔의 사실을 나열하다가 수습하는 법을 배웠다. 속을 털어놓을 사람이 없다는 것은 큰 고통이었다. 마음을 완전히 털어놓는 것이 불가능하다는 걸 그때는 인정할 수 없었기 때문에 더 그랬다. 엄마와는 수시로 통화를 했지만 주로 듣는 역할이었고—내게 들어가는 돈과 아빠의 병원비, 그리고 각종 이유로 힘들다는 말들—언니와는 자연스럽게 멀어졌다. 서른이 다 되어가는 언니는 아빠의 간호를 하고 있는데 나는 스위스 유학 중이었던 것이다.

이런 이유로 집으로 돌아와 아버지의 장례를 치른 후 대학에 입학했을 때 나는 한편 가슴이 뛰었다. 더는 긴장하고 살지 않아도 된다는 안도감과 서울살이에 대한 기대감, 그리고 엄마의 정신 상태를 간과한 막연한 낭만성이 존재했다. 그 중심에는 사이는 멀어졌어도, 어린 시절 모성을 도맡아 했던 언니가 깊숙이 존재했다는 것을 부정할 수 없다. 하지만 언니는 재회의 기쁨을 누릴 새도 없이 떠나버렸다. 다시 말하지만 당연한 일이었다. 그러므로 나는 잡지 못했다.

그때부터 엄마와 나는 서로 다른 양상을 보였다. 엄마는 홀가분하다면서도 어딘지 모르게 분한 기색이 역력했다. 그래서일까. 전보다 더 인색해졌으며 골프 모임에 집중했다. 나는? 나는 당연히 전보다 더 외로웠다. 서울의 대학에서는 친구를 많이 사귀지 못했다. 무엇보다 친구들은 바빴다. 다들 미친 듯 스펙 쌓기에 열중했는데 나는 그럴 필요가 별로 없었다. 영어와 프랑스어, 이탈리아어를 구사할 수 있어서가 아니라 내가 졸업한 고등학교가 이미 하나의 커다란 스펙이었기 때문이다. 나는 중동의 석유 부자와 인도네시아 갑부, 하버드와 예일, 콜럼비아 재학생들, 심지어 국내 재벌 3세와 동창이었다. (물론 선 시장에서는 좀 달랐다. 아버지는 죽었고, 후처인 엄마는 약간 이상했기 때문이다.) 하지만 일꾼을 뽑는 데에는 그러한 결핍이 큰 문제가 되지 않았다.

이상했던 엄마는 점점 더 이상해져서 시도 때도 없이 화를 내는 것도 모자라 집 안에서 자신의 영역을 무시무시한 속도로 확장해나갔다. 내 방이나 도우미의 방 정도는 남겨두어도 좋은데 자주 침범했다. 모든 것을 맘대로 바꿨고, 매일 치웠고, 폭포처럼 푸념했다. 새로 들어온 아주머니들은 첫 월급날만을 기다렸다가 도망치듯 짐을 쌌다. 누가 속옷까지 뒤지는 주인과 살고 싶겠는가.

그래도 딱히 건강의 이상 징후는 없었는데 어느 날 엄

마가 쓰러졌다. 그렇게 젊고 예쁘던 엄마가. 엄마와 골프장에서 붙어 지내던 전쌤에게 연락이 왔다. 그리고 곧 그는 엄마를 떠났다(전쌤은 엄마보다 열 살 정도 어린 골프 코치였다). 그때 병원에서 놀라운 진단을 해주었는데, 엄마에게 간질 형태의 발작이 있다는 것이었다. 이어 3급 장애 판정이 나왔다. 당황스러운 동시에 약간 안도했다. 엄마가 일하는 사람에게 시도 때도 없이 소리를 지르고 뭔가를 내던진 것은, 내게 끝도 없는 히스테리를 부린 것은, 간혹 아버지의 목을 조른 것은, 언니를 도우미 취급하던 것은 성질이 더러워서가 아니라, 더러운 성질이 발생하는 뇌의 어떤 부분의 기능 장애로 인한 것이었고, 이 진단은 뭔가 모호했지만 달콤한 면이 있었다. 엄마가 이상한 건 성격과 인성의 문제가 아니라 병이었던 것이다. 팥쥐의 입장에서는 엄마가 악인인 것보다는 병자인 편이 나았던 걸까.

하지만 그 안도감은 오래가지 못했다. 그로부터 얼마 지나지 않아 엄마가 세상을 떴기 때문이다. 부모님의 유산을 정리하며 나는 자연스레 언니를 떠올렸다.

유산을 나눠야 했다. 아니다. 어쩌면 그것은 핑계였고 떠날 곳이 필요했을지도 모른다. 엄마의 죽음이라는 대대적 드라마로 덮어 쓰였지만 나는 이미 퇴사로 인해 몸과 마음이 너덜너덜했다.

　나와 함께 사표를 낸 두 사람 중 한 명은 고향의 과수원으로, 다른 한 명은 정신과로 갔다. P를 고발하고, 조사를 받고, 결국 회사를 그만둘 때 우리는 이곳에서 있었던 일을 어디서도 발설하지 않겠다는 각서를 썼다. 서명을 하면서 우리가 만들어낸 '진실, 용맹, 사랑' 같은 말들은 허구일 수 있다는 생각을 했다. 그때 내 몸에서 빠져나간 것은 아마 영원히 돌아오지 않을 것이다.

　언니가 오래전 보내왔던 메일을 뒤져 첨부한 홈페이지 링크를 찾아냈다. 언니가 당시 인디아식 비앤비에서 일한다고 했던 것이 기억났다. 그래서 처음엔 호텔과 게스트하우스를 검색했다. 그러다 프라이빗 숙소로까지 넓혀 찾아보았지만 같은 이름의 업소는 레스토랑으로 되어 있었다.

　현지에 와 게스트하우스에 짐을 풀고 며칠을 수소문해서 만난 언니의 옛 동료는 '카페 벨로'라는 곳을 알려줬다.

　올드타운은 구획이 명확한 편이라 찾기 어렵지 않았다. 다만 찾아가는 길, 몸이 자꾸만 달아올라 그것이 곤란했다. 높은 기온 때문인지, 단순히 몸의 일인지 구별할 수 없었다. 그럴 때면 밤이 떠올랐다. 까마득히 밀어두었던 어떤 밤들. 밤의 얼굴은 온통 거짓말이다. 보이지 않는 모든 것은 그렇다. 꽉 찬다는 거짓말, 조인다는 거짓말. 사랑한다는 거짓말, 사랑하지 않는다는 거짓말. 모국어는 잔인한 거짓 말이다.

카페 벨로는 이름 그대로 자전거 대여점이었다. 관광객을 상대로 자전거를 빌려주는 곳. 가게 앞에는 오래된 자전거들이 빼곡히 세워져 있었다. 옛날식 미닫이문 틈으로 보이는 풍경은 소박했다. 언니에게 어울리는 공간은 아니라고 생각하며 문을 열자 한 남자가 기타를 튕기다 말고 나를 바라봤다. 지중해에서 온 직원일까. 하나로 묶은 붉은 머리에 파란 눈동자. 앉아 있지만 얼추 봐도 큰 키. 치아를 드러내는 환한 미소. 굳이 거슬리는 게 있다면 패션 센스 정도? 야자수가 잔뜩 프린트된 셔츠에, 야자수 로고 모자, 그리고 팔뚝의 야자수 문신. 야자수의 나라에 야자수 마니아라니. 그러다가 손끝에 시선이 닿았다. 기타에 어울리는 가늘고 긴 손가락. 나는 잠시 생각했다. 그는 섹스에 사랑이 필요하다고 생각하는 타입일까, 사랑에 섹스가 필요하다고 생각하는 타입일까.

엉뚱한 생각을 하고 있는데 야자수가 기타를 내려놓고 일어나 무엇을 도와드릴까요, 자전거가 필요한가요, 영어로 물었다. 내가 '선'을 찾아 한국에서 왔다고 하자 반색하며 한국어로 인사를 했다. 몇 마디의 정확한 발음이 언니와 그의 관계를 입증해주었다. 야자수는 언니의 남편이었다. 그러니까 형부임이 분명하지만, 분명하지 않은 한 남자 앞에서 나는 어떤 태도를 취해야 할지 난감했다. 친절한 야자수가 나에 대해 전혀 알지 못해 순간 서운했지만 당연한 일이었다. 나야말로 언니의 존재를 외부에 알린 적 있던가. 떠난 후로 언니는 우리에게 없는 사람이었다. 가족 관계를 물으면 자연스레 외동딸이라고 답했다.

가게 안을 찬찬히 둘러봤다. 더운 나라의 더운 냄새가 가득한 곳. 천장에 달린 실링팬 돌아가는 소리가 적막을 깼다. 그러다 벽에 붙어 있는 포스터를 발견했다. 분홍색 드레스를 입은 여자 넷이 오카리나를 손에 들고 환히 웃고 있었다. 심지어 머리에는 화관까지 쓴 채였다. 대수롭잖게 보고 돌아서는데 야자수가 곁으로 다가와 벽보를 가리켰다.

"써니잖아요. 썬!"

"네?"

그리고 귀를, 곧 눈을 의심했다.

"올드타운 오카리나 콰르텟 멤버예요. 리더죠."

네? 오카리나도 콰르텟이 있나요? 그래. 10년이 넘었다. 언니가 무엇이 되어 있다 해도 놀랄 일은 아니었다. 죽었다고 해도 어쩔 수 없는 일 아닌가. 물론 누구도 무엇이든 할 수 있다는 걸 안다. 하지만 카페 벨로도, 야자수도, 오카리나도 어울리지 않았다. 내가 아는 언니는 '이런 데서' '자전거 대여점'이나 하고 있을 사람이 아니었다. 중도 포기하긴 했지만 성악을, 짧은 시간이지만 기획사 연습생도 했던 인물이다.

그때 초등학생쯤 되어 보이는, 누가 봐도 야자수와 한 핏줄임이 분명한 통통한 남자애가 들어왔다. 아이는 나를 힐끗 보더니 손바닥을 쫙 폈다. 자전거 대여료를 받아내는 수완이 좋았다. 나는 순순히 5달러를 내밀었다. 그리고 야자수에게 묵고 있는 숙소와 전화번호와 이메일, 알릴 수 있는 모든 것을 적은 메모를 건넸다.

"꼭 전해주세요."

자전거를 받는 내게 그는 오카리나 콰르텟 공연 초대장을 내밀었다. 언니는 연습으로 바쁘다고, 만나고 싶으면 빌리지 홀(village hall)로 가 보라고 했다. 하지만 마음의 준비가 필요했다. 자전거에는 카페 벨로라는 로고가 크게 새겨진 파라솔이 꽂혀 있었다. 땡볕을 감안한 디자인이었다. 막상 타기 시작하자 슈슈, 리듬을 타고 걷던 길이 한눈에 들어오는 게, 바람이 스치는 게 상쾌했다.

페달을 밟을 때 순간순간 몸이 뜨거웠다. 그러면 더욱 맹렬히 페달을 밟았다. 섹스 생각이 날 때면 P를 떠올렸다. 그것만으로도 몸이 차게 식었다. 신기했다. 그토록 강렬하게 인생을 지배했던 사람이 이렇게 단순하게 사라지다니. 우리가 사표를 던지면서까지 피하고 싶었던, 그 두려웠던 사람이 맞는 걸까.

걸을 때보다 자세히 볼 수는 없었지만, 다양한 것들이 오감을 자극했다. 조각 작품들, 구조물들, 오래된 카페, 미슐랭 맛집, 향신료 냄새, 흙이나 아스팔트가 타는 듯한 냄새. 언제나 한결같은 여름이었다. 이곳이 어디여도 그만인 많은 관광지의 이런저런 모습들. 내가 평범한 가운데 평범하게 있다는 안도감. 나는 조금 멀리 나가 도미토리로 옮기기 전에 묵었던 호텔 앞도 지나쳤다.

도미토리 여행객들은 관광객이라기 무색할 정도로 신기할 만큼 외출을 하지 않았다. 물론 서로의 일정에 관심도 의견도 없었다. 한방을 나눠 쓰면서 밤의 숨소리만 제공해주면 그만이었다. 문제는 가운데 자리였다. 대체 밥은 먹고 있는 걸까. 한 공간에 커다란 덩어리가 밤이고 낮이고 누워 있으니 신경을 쓰지 않을 수가 없었다. 몇 번 깨워볼까도 싶었지만 이내 참았다. 사회생활을 통해 늘어난 건 참을성뿐이다. 바리스카도 근심 어린 표정으로 누에고치를 바라봤다. 그러다가도 옆방의 남동생이 찾으면 얼굴이 환해져 뛰어나갔다.

결국 외출은 또 내가 먼저 했다. 다음 날 언니에게 빌리지 홀로 와달라는 연락이 왔기 때문이다. 내가 있는 곳으로 와줄 것을 기대해서였는지 조금 서운했지만 그런 나 자신에게 짜증이 나기도 했다. 대우받는 데 익숙한 P의 모습과 겹쳐 보였다.

빌리지 홀 외벽에 크게 붙어 있는 오카리나 콰르텟 플래카드를 올려 봤다. 담담한 가운데 약간은 떨렸다. 안 그래도 뚱뚱해져버린 언니는 거대한 플래카드 속에서 더 부풀어 보였다. 분홍 드레스라니. 질색하던 색 아니었던가. 모든 게 너무 오래전이다. 이렇게 오래 보지 못할 줄 알았나. 아무것도 모르겠다. 마지막은 그것이 마지막이라고 말해주지 않는다. P와의 그날 밤도, 언니도, 엄마도 이게 마지막이라고 말해주지 않았다. 햇빛이 플래카드 속 언니의 이마와 한쪽 눈에 비쳐 눈이 부시고 고개도 아팠다.

빌리지 홀은 냉방기 소리가 요란했지만 공기는 후텁지

근했다. 가는 길 내내 달아오른 몸을 식힐 수가 없었다. 분홍색 드레스를 입은 한 여자가 다가와 실내화를 내주었다. 그러고는 밝게 웃으며 구석에 있는 대형 선풍기 쪽으로 안내했다. 야자수와 비슷한 환한 미소. 언니와 콰르텟 멤버들이 선풍기 하나에 의지해 모여 앉아 간식을 먹고 있는 모습을 보니 빈손이 무안했다. 내가 먼 데서 온 손님이라는 생각에 사로잡혀 이곳의 일상을 짐작하지 못한 것이다. 언니가 내게 손을 들어 보였다. 상기된 채로 언니에게 다가갔다.

"씨발. 존나 덥지? 근데 뭐, 더운 나라니까 어쩔 수 없어."

언니는 전보다 부푼 체구 때문인지 연신 땀을 닦았다. 언니 입에서 나오는 찰진 욕에 어쩐지 마음이 가라앉았다. 외국에 나오면 입이 거칠어진다는 사실은 유학 생활에서 이미 경험했다.

"근데 게하에 있더라? 왜 호텔에 묵지 않고. 불편하지 않아?"

트림하며 담배를 피워 무는 언니는 아무래도 낯설었지만 놀라는 모습을 들키고 싶지 않았다. 욕 좀 하고, 담배 좀 피워 문다고, 좀 뚱뚱해지고, 이상한 분홍색 드레스를 입었다고 눈빛을 바꾸는 건 내 기준에서 옳지 못했다. P에게 배운 애티튜드일까. '언제라도 언니 집으로 옮기려고' '호텔은 꼭 병원이나 감옥 같아서'라는 말을 삼키고 나는 이렇게 답했다.

"혼자 자는 거 싫어서."

숨소리가 필요한 것은 사실이었다. 주스는 빠른 속도로 미지근해졌다.

"근데 언제까지 있을 거니? 공연 날까지 있음 좋은데. 씨발, 춤추기로 한 애가 다쳤어. 합 다 맞췄는데. 씨발. 존나 짜증 나."

만남의 기승전결 없이 언니 머릿속엔 오카리나 콰르텟뿐이었다. 애초에 왜 왔느냐고도 묻지 않았다. 그러므로 나는 엄마의 얘기도 P의 얘기도 할 수 없었다. 그러고 보니 이제 둘 다 내게는 존재하지 않았다. 엄마는 죽었고 P는 뉴스 속에 있었다.

언니에게 P에 관해 얘기할 기회가 있기는 할까. 엄마에 대해서는 뭐라 말할 수 있을까. 아마도 일종의 변명을 하겠지. 언니에게 그렇게 군 건 엄마가 나빠서가 아니라 병 때문이었다고, 뇌가 엉켜버려서 그런 거였다고, 엄마의 잘못이 아니라고, 엄마 뇌의 잘못이라고. 나도 몰랐다고. 언니는 그러면 어떻게 답할까. 그렇다면 뭔가 달라질까. 어쨌거나 언니는 괜찮겠지만 나는 과연 괜찮을까. 이제 언니와 나는 똑같다는 말을 하고 싶은 걸까. 아니면 팥쥐에게도 고통은 있었다고 말하고 싶은 걸까. 꿈을 지나치게 많이 꾸는 것, 감정을 즉각적으로 느낄 수 없는 것, 나의 상황을 언제나 밖에서 내려다보듯 말하는 것, 이런 것은 뇌의 문제일까. 단지 신경증일까. 혹은 모든 수지들의 병인가. 누군가 컵에 얼음을 더 넣어줄 때 언니가 말했다.

"니가 좀 해라."

농담이라고 하기에는 단호한 말투였다. 나는 눈을 동그랗게 뜨고 언니를 바라봤다. 정면으로 이렇게 쏘아보는 건 오랜만이었다.

"너 무대 체질이잖아."

더는 참기 싫었다. 내게는 엄마의 죽음이라는 무기가 있었다.

"언니, 사실은 엄마가…….."

엄마가 죽었어, 언니. 이 말을 꺼낸다면 언니도 무너질 것이다.

"엄마 얘기는 나중에 하자."

대체 공연이 뭐기에 오랜만에 만난 동생에게 이럴 수 있을까. 서운함이 화로 바뀔 찰나 나는 언니의 친엄마에 대해서 아무것도 모른다는 데 생각이 미쳤다. 언니의 친엄마는 살아 있을까? 나는 왜 한 번도 그것을 생각해 본 적이 없을까. 언니는 성에 차지 않는지 빨대를 뽑고 주스를 벌컥벌컥 마시더니 얼음을 씹어댔다. 그리고 말했다.

"기억 안 나? 너 학예회 때 내가 사슴 역할 했던 거?"

접혀 있던 어떤 과거의 한 페이지가 선명해졌다. 초등학교 때 했던 연극. 왜 그 무대에 언니가 출연했을까. 엄마가 시켰겠지. '언니 엄마가 그랬던 건, 그 모든 건, 병 때문이었어' 목울대가 아팠다. 아무것도 묻지 않겠다고 다짐하며 고개를 끄덕였다. 이 순간 언니가 바라는 답은 그것뿐이었다.

언니는 그제야 환하게 웃으며 고맙다고 했다. 그리고 멤버들을 불러 나를 소개했다. 마치 나는 언니의 공연을 위해 급히 초빙되어 온 사람 같았다. 멤버들은 내용을 전해 듣더니 박수를 치며 좋아라 했다. 외국어가 귓가에서 벌 소리처럼 웅웅댔다.

앞뒤 따질 것 없이 곧바로 맹연습에 들어갔다. 내가 맡은 역할은 천사였는데 바닥을 기어 다녀야 해서 무릎이 아팠다. 날개 달린 거대한 소시지가 된 기분이었다. 이럴 거면 대체 날개는 왜 있는 건가 투덜거리기도 했지만, 분홍색 타이즈에 분홍색 원피스에 깃털이 가득한 날개를 보면 걷잡을 수 없이 웃음이 터지기도 했다. 공연에는 분명히 즐거운 면이 있었다.

어차피 내 불평에 귀 기울여 주는 사람도 없었다. 오카리나 콰르텟 멤버는 올드타운 사람들답지 않게 대체로 뚱뚱했다. 그리고 유쾌했다. 연습이 끝나면 녹초가 되었지만 다 같이 야시장에 몰려가 곱창 국수, 나시고랭, 미고랭, 두리안 등 국적이 섞인 온갖 음식을 쩝쩝 먹어댔다. 반대로 나는 점점 식욕이 사라졌다. 대신 그때마다 맥주를 마셨다. 이것이 여름만 있는 나라의 일상처럼 느껴졌다.

모임이 파하면 야자수가 자전거로 언니를 데리러 왔다. 어떨 땐 아이와 함께이기도 했다. 나는 그러면 셋을 물끄러미 바라보다가 한없이 먼 것처럼 느껴지는 길을 걸어 숙소로 돌아왔다. 돌아오면 바리스카는 여전히 기도했고, 누에고치는 돌돌 말린 채로 가운데 침대에 누워 있었다. 이제는 그들이 내게 안정감을 주었다.

한창 연습에 바쁘던 어느 날 새벽, 울음소리에 잠을 깼다. 부담스러웠다. 모르는 사람들이 나눌 수 있는 최대의 밀착은 숨소리까지였다. 불을 켰다. 가운데 침대의 누에고치가 껍질을 반쯤 걸친 채 흐느끼고 있었다. 잿빛 머리는 그 와중에도 내가 내민 티슈를 받아 코를 풀었다. 킁킁. 움직일 때마다 냄새가 났다. 며칠째 잠만 잤으니 그럴 만도 했다. 올드타운에서 동양 여자가 잿빛 머리 게르만족 여자를 위로하고 있다. 결국 창가 자리의 슈슈, 바리스카도 일어나 무슨 일인가 큰 눈을 더 크게 떴다. 울던 여자애는 조금 진정이 되었는지 벽에 기대어 앉았다. 괜찮아? 물 좀 갖다 줄까? 나는 한국에서 왔어. 이름은. 그래, 이름은 오리. 너는?

계속해서 눈동자를 불안정하게 굴리던 잿빛 머리는 그래도 대답을 했다.

"독일에서 왔어. 이름은 나니."

나니? 응 나니. 나이는 에이틴. 갭이어. 삼십 대라고 해도 믿을 만했는데 고작 열여덟이라니. 나는 그녀의 몸집만 한 배낭을 가리키며 물었다.

"왜 저걸 들고 와서는 잠만 자는 거야. 밥은 그렇게 안 먹고 괜찮아?"

왜 우는지는 차마 묻지 못했는데 나니가 먼저 말했다.

"무서워."

나니는 얼마 전 올드타운 거리에서 백인 여성이 칼로 난자당한 사건이 있었다고, 두려워 한 발짝도 나가고 싶지 않고 다음 행선지로 떠날 때까지 숙소에만 있을 거라고 했다. 내게는 평화로운 거리였는데. 실은 어디서든 매일 벌어지고 있는 일일 것이다. 공포는 소리가 없다. 그녀에게는, 슈슈, 숨소리가 필요했던 것이다. 우리는 덩달아 침울해졌다. 바리스카는 따뜻한 차를 우려내 왔다.

나니는 그렇다 치고 바리스카와 동생은 왜 숙소에만 있는지 궁금했지만 그들이 보기엔 내가 제일 이상했을 것이다. 주로 숙소에 있다가 늦게 외출하여 녹초가 되어 돌아온다. 천사의 흰 눈썹을 붙인 채 잠이 들기도 한다. 몸에서는 반짝이나 분홍 깃털이 떨어진다.

그 밤, 우리는 차를 마시며 좋아하는 케이팝 스타들 얘기를 나누다가, 서로의 숨소리를 들으며 잠들었다.

언니는 오카리나계의 왕 같았다. 쉬지 않고 오카리나를 불고, 먹고, 트림하고, 욕하고, 담배를 피우고, 다시 연습을 했다. 나는 그런 언니의 비위를 맞추며 무대 위를 기어 다니다 귀가했다. 그렇게 며칠이 지나고 마침내 학예회 같은 연주회 날짜가 다가왔다.

공연은 생각보다 성대하게 치러졌다. 지역 인사들도 꽤 모였는데, 나는 한국에서 와 공연을 빛내준 특별 게스트로 소개됐고 공연이 끝난 후 끝도 없이 사진을 찍었다.

"코리안 뷰티!"

나는 순식간에 올드타운의 한국인 입간판이 되어 수많은 관객과 기념사진을 찍어야 했다. 나중에는 입가에 경련이 일어날 지경이었다. 언니는 그런 나는 뒷전이고 자기 손님들과 인사하기에 바빴다. 공연이 종료되고 뒤풀이도 짧게 끝나 드디어 둘만의 시간을 갖게 됐을 때 언니를 가만히 바라봤다. 훑어봤다고 해도 좋겠다.

"한류 영향이 크긴 크지? 너 예쁘다고 난리야. 근데 많이 말랐다. 통통한 때가 더 예뻤는데. 마르니까 엄마랑 똑 닮았어."

언니는 내 시선에 아랑곳 않고 눈앞의 음식을 남김없이 먹어치웠다. 자루에 막 집어넣는 것 같았다. 고래가 이럴까. 어떻게 이렇게 많이 먹을 수 있을까. 나는 잠자코 언니에게 냅킨을 건넸다. 언니 말대로 나는 점점 야위어갔다. 바람 빠진 풍선처럼 쭈글쭈글해지다가 결국 소멸할 것이다.

"천천히 많이 먹을 거야. 이곳에서 할 일은 먹는 것 외에 별로 없어. 그리고 살이 찌니까 편해. 아무도 나를 귀찮게 하지 않아. 두 남자와 먹고 또 먹고, 그리고 자전거를 빌려주고, 자고 다시 일어나 먹고. 그러면 하루가 가지."

언니는 잠시 라디오에 귀를 기울였다. 로컬 방송인 듯했다. 곧 말을 이었다.

"봐. 나는 시간과 맞서고 있으니까. 시간아, 네가 아무리 좀먹어 봐라. 내가 꿈쩍이라도 할까. 누가 이기나 보자. 이러고 사는 거야. 정정당당하게 노려보면서. 서두르지 않을 거야. 왜 사람들이 시간을 아까워하는지 모르겠어. 시간은 그냥 여기저기 흘러 다니는 거야. 난 숙제가 없어. 남은 생을 방학이라 생각해."

어차피 산다는 건 시간을 좀먹는 일인지도 모른다. 지금의 나는 젊음, 그리고 적당한 꾸밈으로 그럭저럭 괜찮은 얼굴을 지니고 있지만 내면은 사납고 불안하다. 언젠가 외모는 내면을 닮아갈 것이다. 싫으나 좋으나 그때까지 살아야만 삶이 끝난다.

계속 맥주를 마셨다. 마시지 않겠다는 거짓말. 쌉싸름하고 시원한 맛. 한 모금만 더. 나는 술에 취해가고 언니는 점점 더 부풀어 올랐다. 먹고, 먹고, 또 먹는 언니의 얼굴 위로 다른 얼굴들이 겹쳐졌다. 그것은 아버지, 엄마, 혹은 내가 모르는 그녀의 엄마일 것이다. 나는 조심스레 언니의 뺨에 묻은 국수 가닥을 떼어냈다.

"나중에 공연 사진 보내줄게."

소시지가 된 내 모습을 보고 싶지 않았지만 고개를 끄덕였다.

"언니, 언니 엄마는 어떤 사람이셨어? 사실, 사실 엄마가 돌아가셨어. 그래서 찾아왔어."

자정 넘어 걸려온 P의 전화를 받고 있었다. 연설문 낭독하는 걸 들어달라고 했다. P는 같은 유럽 유학생 출신이라고 내게 친근감을 표하곤 했는데, 연설문을 읽고 끊는 부분을 컨트롤하는 것은 국내파가 훨씬 잘한다는 사실을 알면서도 나를 보챘다.

"자기가 좀 정해줘, 여기서 쉬는 게 나을까 아니면 그러니까까지 읽고 한 번 쉬는 게 나을까?"

아마 이 부분이었을 거다. 왜 꼭 통화를 할 때는 스무 살도 더 어린 내게 자기라는 표현을 하는지. 그때 집안이 울릴 정도로 크게 쿵 소리가 났지만 나가보지 못했다. 그렇게 붙잡혀 새벽까지 통화를 했다. 전화를 끊고 기진맥진 물을 뜨러 나가서야 1층 바닥에 쓰러져 있는 엄마를 발견했다. 낙상이었다. (우리는 둘 다 2층 방을 썼고 1층에 거실과 주방이 있는 뚫린 구조였다.) 둘이 살기엔 너무 크고 높은 집이었다.

엄마와 나에게는 공통점이 하나 있었는데 자신의 일을 남의 일처럼 바라보는 것이었다. 그때도 나는 영혼이 이탈이라도 한 것처럼, 천장에 붙어 물끄러미 우리 모녀를 바라보았다. 왜 그런 습관이 들었을까. 하긴 때로는 그런 태도가 도움이 되기도 했다. 엄마의 죽음이나 상사였던 그의 횡포, 그리고 연인과의 이별 같은 숱한 감정의 파고들 속에서 나를 지킨다. 천장에 붙어 방 안을 바라보는 그런, 궤도 바깥의 자리매김.

"언니에게도 유산에 대한 지분이 있잖아. 건물이랑, 집, 그리고 약간의 예금이 있어."

언니는 손가락을 입술에 대며 쉿 표시를 하더니 갑자기 라디오 소리에 집중했다. 아까 닦아주었는데도 뺨에는 그새 또 뭐가 묻어 있었다.

"어떤 여자애가 명예살인을 당했다는 뉴스가 아까부터 계속 나오고 있어. 남자와 도망가다가 붙잡혔대. 씨발. 종종 있는 일이지만."

어느 나라에서나 어처구니없는 일이 벌어지고 있다. 그 어처구니없는 일들 사이에 엉키지 않아도 되는 것이 이방인의 장점이겠지. 바리스카와 늘 붙어 다니던 남동생이 생각났다.

"엄마가……."

"그래 들었어. 엄마가 죽었다고. 그리고 어떤 여자애도 죽었어. 며칠 밤 내내 도망치다가 돌로 맞아서."

대꾸할 말이 없었다.

"그래. 유산은 고맙게 받을게. 정말 필요했던 때는 지났지만 임의로 정리해서 주면 나야 좋지. 공부? 왜 사람들은 공부를 더 해야 한다고 하지? 내가 아는 공부한 사람들은 다들 알고 있는 사실을 책을 봐야만 이해하는 그런 사람들이었어. 그러고는 뒤늦게 궤변을 늘어놓지."

통통해진 언니를 보며 잠시 잊고 있었다. 예민한 사람이었지.

"그런데 말야, 너."

언니가 숟가락을 탁 내려놓으며 나를 바라봤다.

"왜 너는 내가 널 좋아했을 거라고 생각해?"

배 속 밑에서 무언가 꿈틀댔다. 언니의 말에 몸이 먼저 반응했다. 횡격막이, 가슴에 붙어 있는 뼈가 가슴 전체를 눌러왔다. 왜? 왜인지 모른다. 언니는 내게 잘해주었으니까. 체온을 나눠주었고, 얘기를 들어주었고, 나를 항상 걱정해줬으니까. 그리고 그냥 무엇보다 언니니까. 그런데 그다음에 들리는 울림은 '내가 그렇게 생각하고 싶으니까'였다.

갑자기 체기가 올라와 화장실로 달려갔다. 변기를 붙잡고 그간 먹은 것을 토했다. 남김없이. 가까스로 진정하고 식은 땀을 흘리며 돌아와 앉았을 때 이런 말을 들었다.

"너는, 모든 걸 슬픔으로, 네 고통과 슬픔으로 퉁칠 수 있어서 좋겠다."

술은 순간 다 깨버렸다.

"우리 엄마가 궁금하니? 기억나는 게 별로 없어. 어려서, 아주 어려서 엄마에게 천 원짜리 한 장을 주며 놀아달라고 애걸했던 건 생각나. 엄마 나랑 놀자, 응? 나도 돈 줄게. 나랑 놀아. 엄마는 늘 피곤했거든. 사람들이 오면 절을 하고, 상담을 하고 그러면 꼭 엄마에게 돈을 주고 나갔어. 그래서 난 돈을 줘야 엄마랑 얘기할 수 있다고 생각했던 거같아. 우리 엄마는, 그러니까 음, 남들의 인생에 대해서는 잘 알았지만, 그렇지만 자기 발아래 놓인 일은 알지 못했지. 사랑은, 그러니까 사람이 사람에게 사랑을 구걸하는 건 씨발, 존나, 존나 슬픈 거야."

강을 건너는 한 여인이 떠올랐다. 차도르 대신 장옷을 입은 어떤 여인.

"왜 신은 여자에게 더 많이 올까. 왜 남자는 그 신을 함께 받지 않을까. 나는 우리 엄마도 너네 엄마도 미워하지 않

아. 평생 남의 집 부침개에 절하며 어떻게든 살아보려고 애쓴 사람들이야. 너 역시 좋아한 적이 별로 없지만, 미워하지도 않아. 다만 니가 만나온 사람들에 대해 생각하는 방식이 싫어. 사랑받은 것처럼 위장하는 것. 궤변에 넘어가서일까? 너도 존나 그렇게 생각하고 싶은 거지 뭐, 씨발, 개새끼."

언니는 맥주를 단숨에 들이켰다. 언니의 입으로 뭔가 들어갈 때마다 나는 토하고 싶어졌다.

"슬픔은, 슬픔이라는 이유로 쉽게 발설하지. 미움, 질투, 분노 이런 것들을 사람들은 주로 슬픔으로 위장해. 여기서는 그럴 필요가 없어서 좋아. 세수하고 싶으면 하고, 먹고 싶으면 꾸역꾸역 입에 넣고."

"세수?"

내 질문에 언니는 씨익 웃었다.

"섹스라고 하면 누구나 알아들으니까. 한국 사람끼리는 세수라고 해."

이번에는 내가 웃었다. 언니는 예나 지금이나 언어의 마술사였다.

"세수가 맞아서 사는 거야. 남자는 싫어도 세수는 필요하니까. 예쁘게 생겼지? 옆에 두면 쓸쓸하지 않아서 좋아."

무심한 듯 말했지만, 언니는 그를 아주 많이 좋아했다.

그건 그냥 알 수 있었다.

"어디서 만났어?"

야자수와 언니는 채팅 앱으로 만났다고 했다. 그런데 재밌는 건 그가 당시 감옥에 있었다는 사실이다. 자전거를 훔치다 붙잡혀 감옥에 들어갔던 남자와 언니는 사랑에 빠져버린 것이다.

"근데 감옥에서 채팅이 가능해?"

"응. 매트리스도 사서 넣어주고, 면회도 자주 갔어."

어디까지가 진짜고 어디부터가 가짜인지 알 수 없었다. 하지만 감옥이든 채팅이든 중요하지 않았다. 내가 아는 진실은 그들은 함께이고 언니의 표정은 내가 보아온 모든 날 중 가장 당당하다는 사실이었다.

야자수가 데리러 왔을 때 언니는 이미 인사불성이었다. 그에게는 익숙한 일인 듯했다. 나도 엉겁결에 부부 뒤를 따랐다. 예기치 않은 언니네 방문은 그렇게 이뤄졌다. 야자수는 오랜만에 자매가 함께 자라고 안방을 내주었다. 언니를 먼저 눕히고 집을 구경했다. 생각보다 좋았다. 묘하게 어릴 때 살던 집과 닮아 있는 것도 같았다. 언니와 둘이 보낸 시간들을 떠올렸다. 언니의 손가락을 잡고 잠들곤 했던 밤들. 진심이 아니었다 해도 따뜻했던 날들. 우리가 타인에게 얻고 싶은 건 어쩌면 진심이 아니라, 자신을 향한 무조건적 온정이 아닐까.

곯아떨어진 언니는 폭풍 같은 숨소리를 냈다. 슈슈, 푸푸, 퓨퓨 숨소리의 향연. 어쩌면 내가 찾던 숨소리는 이것이었을까. 언니의 슈슈. 언니가 술자리에서 참새구이를 보며 했던 말을 떠올렸다.

"한 번은 참새가 차에 치여 죽는 걸 본 적 있어. 죽어도 싸다고 생각했거든. 새가 못 날면 죽어도 할 말 없지 안 그래? 근데 돌아서는데 그런 생각이 들더라. 나는 법을 잊어버렸으면, 완전히 잃어버렸으면 그럴 수도 있겠구나."

나는 슈슈, 언니의 숨소리를 들으며 '씨발' 조용히 내뱉었다. 그리고 곧 언니 옆에서 나도 슈슈, 숨소리를 내며 잠들었다.

아주 오랜만에 만난 꿈 없는 잠이었다.

얼룩, 주머니, 수염

그날 나는 공항이 있는 소도시에서 여백이 많은 책 한 권을 얻고, 참새를 닮은 애인에게 결별 통보를 받았다. 이사한 지 한 달이 채 되지 않은 날이었고, 날씨는 마치 하와이처럼 청명하고 무더웠다. 물론 하와이에 가본 적은 없지만 말이다.

*

문제의 발단은 밥솥이었다. 팬암사 로고가 새겨진 미니 밥솥은 세상의 모든 빈티지가 그렇듯 실용성이 떨어졌다. 종종 밥물이 샜고 보온성도 좋지는 않았다. 그러더니 결국 밥을 짓는 중에 전원이 나가버렸다. 이사한 지 며칠 되지 않아서였다. 밥솥이 꺼진 후 얼마 지나지 않아 집 안의 모든 전원이 나가는 바람에 어느 쪽의 문제인지 헷갈렸다. 두꺼비집 문제인가 싶어 빌라 꼭대기 층에 사는 주인 할머니에게 말했고, 할머니는 즉시 수리공을 대동했다. 하지만 돌아온 대답은 내가 가진 '어떤 제품의 문제인 것 같다'였다. 밥솥이 분명했다. 밥솥의 클라이맥스, 그러니까 밥이 거의 다 되어 칙칙 연기가 나기 시작하는 그 순간 전원이 꺼졌고, 이어 정전이 되었기 때문이다.

문제의 밥솥은 애인의 선물이었으므로 버린다는 건 상상할 수 없었다. 이사 후 좀 뜸해지긴 했지만 불시로 들이닥치는 건 그녀의 취미 생활이었으니 주의해야 했다. 애인은 밥솥 하나로도 얼마든지 창조적으로 괴로워할 수 있는 그런 여자였다. 그녀의 선물을 임의로 버리거나 망가뜨렸다가는 오랫동안 시달릴 게 뻔하다는 소리다. 옷장에 들어가서 오래도록 울거나, 비가 쏟아지는 한밤중 달리기를 하거나, 밥을 먹다 일어나 내 어깨를 깨물거나, 목욕하다 뛰쳐나와 불길한 모든 예감을 방언처럼 내뱉는 그녀의 모습을 상상하는 건 어렵지 않았다.

나보다 여섯 살 많은 그녀는 신경증과 성격장애를 동시에 갖고 있었다. 신경증이 있는 사람은 배려심이 과해 자신을 괴롭히고, 성격장애인 사람은 남을 괴롭힐망정 본인은 태연자약하기 마련인데 그녀는 신기하게도 이 둘을 한 몸에 아주 자연스럽게 장착했다. 오래 의심하다 쉽게 흥분하는 타입이라고 해야 할까? 문자에 바로 답을 하지 않으면 '무슨 일이야, 어디 아파? 다쳤어?'로 시작해 '이제 내가 싫어진 거지, 그만두면 될 거 아냐'로 넘어가는 데 1분이 채 걸리지 않았다.

그러니까 그녀의 직업은 바로 나의 '애인'인 셈이었다. 아침부터 밤까지 자신의 일상을, 그것도 자신이 원할 때만 시시콜콜 보고하고 그 반응을 엿봤다. 내게도 같은 질문을 잊지 않고 한 후 기다리지도 않고 답변까지 스스로 마무리하는 게 그녀의 중요한 일과였으니 애인이 직업이라는 게 영 틀린 정의는 아니었다. 일례로 새벽 3시경 전화를 걸어와 잠긴 목소리로 "네가 열 살 어린 신부와 결혼식장에 들어가는 꿈을 꿨어"라고 말한 일도 있다.

그렇게 피곤한 여자를 왜 만나느냐고 묻는다면 크게 할 말은 없다. 롤러코스터 같다고나 할까? 그녀에게 당하다 보면 식은땀이 나면서도 일종의 안도감이 느껴졌는데 그때 나오는 호르몬에 중독되었을 수도 있다. 어쨌거나 그녀는 재미있었고, 거부할 수 없는 마력이 있었다. 참새를 닮은 그녀는 작고 귀여웠으며 나를 위해서라면 목숨은 몰라도 새

끼손가락 하나쯤은 옜다 하며 뚝 떼어줄 것 같은 전사 — 천
사가 아니다!— 같은 여자였다. 실제로 막다른 골목에서 큰
도사견과 마주쳤을 때 그녀가 우산을 펼치고는 그 개를 물
기라도 할 듯 눈높이를 맞추고 으르렁거려 쫓아버린 적도
있다.

무엇보다 나는 그녀의 몸이 좋았다. 함께 있을 때면 우
리는 늘 찹쌀떡 반죽처럼 붙어 있었는데 그때 오는 안도감
은 더없이 부드럽고 꿈결 같은 것이었다. 우리 둘이 포개져
있을 때는 그 사이로 한 방울의 공기도 틈입하지 못했다.

이런 까닭으로 나는 애물단지 밥솥을 들고 동네 어귀에
있다는 '만물 수리 박사'를 찾아 나섰다. 아스팔트에 신발
밑창이 눌어붙을 것만 같은 뜨거운 날이었다. 반바지에 운
동화를 끌고 언덕을 내려갈 때 비탈길을 올라오는 아래층
남자가 보였다. 그는 전직 가수였으며 이 빌라에 3년째 거
주 중인 장기 세입자인 동시에 근처에 있는 '힐링 선 연구
원'의 대표이사이기도 했다. 그는 전직 가수답게 하와이안
프린트 반소매 셔츠를 입고 있었다. 눈이 마주쳐 인사를 하
자 미소를 지어 보였는데, 성마른 표정이 갑작스레 환해져
도리어 내가 무안했다. 대표이사라기보다는 스튜어디스의
미소 같았다. 어색한 인사를 거두고 그는 집으로, 나는 반대

길로 멀어져갔다. 그가 돌아설 때 셔츠 안으로 반짝거리는 금목걸이가 보였다.

나는 공항에서 일한 지 얼마 지나지 않아 굳이 유니폼을 입지 않아도 스튜어디스를 알아볼 수 있게 됐다. 곧은 자세와 정갈한 걸음걸이 같은 것도 일조했지만, 대체로 미소가 비슷했다. 눈은 웃지 않고 입꼬리만 올라가는 그 미소 말이다. 공항에 취직했을 때 친구들은 스튜어디스를 실컷 볼 수 있겠다며 환호했지만 교육 기간 내내 마주친 그녀들은 대부분 피로한 표정을 짓고 있었다. 그러다가 눈이 마주치면 환히 웃곤 했는데 그 모습은 하나같이 프로그래밍이라도 된 것 같았다. 그 입매의 변화가 부자연스럽고 또 부담스러웠다. 그래도 미인들과 함께 있는 건 설레는 면이 있었다. 정작 애인은 스튜어디스들을 별로 걱정하지 않았다. 어디서 나오는 자신감인지는 알 수 없었다. 다만 근무처가 서울이 아니라는 것을 알고서는 "어째서 입사하자마자 그런 한직으로 가는 거야? 이유가 뭐래?"라며 난리였다. 내 안위보다는 자신과 멀어지는 것에 화를 냈다.

"거기 오래 다니면 미쳐."

출근한 지 하루 만에 선배들의 말뜻을 알 수 있었다. 유령 공항이라는 별명답게 청사는 어둡고 썰렁했다. 우리나라는 어디든 기차와 버스로 충분히 이동할 수 있으므로 당연히 국내 승객은 거의 없었다. 택시도 웬만해서는 들어오지 않았다. 상점 하나 없는 빈 청사를 걸으며 내 발걸음 소리를 듣다 보면 또 하나의 내가 나를 따라오는 것처럼 여겨졌다. 그래도 텅 빈 공간에 나는 서서히 익숙해졌다. 우리는 점심시간이면 각자 싸 온 도시락을 풀거나, 다섯 명씩 한 조가 되어 자가용을 타고 근방의 음식점으로 나가곤 했다.

일이 많다고 할 수는 없었다. 검색 업무는 국제선 출국 심사대에서만 이뤄지는 데다가, 엑스레이 관찰은 3분 검색 후 1분 휴식이 원칙이었다. 용역 계약직임에도 불구하고 내막을 잘 모르는 친구들은 신의 직장이라고 말하곤 했다. 하지만 일을 기다리며 검색대에 멍하게 앉아 있다 보면 내가 있는 곳이 진짜 공항인지 다른 어떤 세계인지 혼란스럽기도 했다. 이게 정말 신의 생활이라면 누가 신이 되겠다고 나설지 의심해볼 일이었다. 그래도 하네다, 나고야, 상해, 항주 등의 정기선으로 관광객이 들어올 때면 잠시나마 활기가 돌았다. 승객들은 입국과 동시에 곧바로 전세 버스에 올라 인근 관광지를 경유해 다른 목적지로 향했다.

손에 땀이 차서 밥솥을 바꿔들 때 문자가 올렸다. 애인이었다.

[오늘 고모 기일이야.]

벌써 그렇게 되었구나. 그녀의 유일한 가족은 고모뿐이었다. 콘서트장 화장실에서 목을 매 죽은 40대 여자. 음산하면서도 코믹한 느낌을 지울 수 없는 그 유명한 '에릭 클랩튼 공연장 자살 사건'의 주인공이기도 했다.

"고모는 〈티어스 인 헤븐〉을 라이브로 들으면서 죽고 싶어 했어. 그것뿐이야. 어차피 죽을 거였으니까 너무 비난하지 말라고. 진짜 억울한 게 뭔지 알아? 결국 그는 그날, 끝까지 그 노래를 라이브로 하지 않았다는 거야."

애인은 그럴 바에 집에서 음반을 틀어놓고 죽는 편이 나았다고 덧붙였다. 라디오 헤드는 〈크립〉에 대해 정말 크립(쓰레기) 같은 노래라고 공식 석상에서 서슴없이 말한 일이 있고, 자신을 스타덤에 올려준 대표곡을 다시는 부르지 않겠다고 선언하는 국내 가수들도 더러 있었으니 에릭 클랩튼이 자신의 콘서트에서 대표곡을 부르지 않은 것이 그렇게 놀랄 일은 아니었다. 이렇게 위안 아닌 위안을 건넸더니 애인은 도리어 "그는 그런 문제가 아니지. 자식을 잃고 만든 노래였으니, 다시는 부르지 않을 자격이 있어"라며 반박했다. 이런 식의 화법은 종종 사람을 미치게 했다. 기껏 자신의 편을 들어주면 은근히 다시 반대에 서는 스타일이라고나 할까. 쟁점을 세우고 대화하다 보면 왠지 모르게 억울해졌다.

우리는 '빈사모(빈티지를 사랑하는 사람들의 모임)'라는 인터넷 카페에서 처음 알게 됐다. 시험공부를 하던 때 포도주 라벨에 관해 검색하다 타고 들어간 사이트였다. 열성을 다한 것은 아니었지만, 은근히 재미가 있어 후에도 굳이 탈퇴하지 않았다. 아이디는 각각 '제익'과 '알렐루야'였는데 나는 제익이 '제이크 버그'를 뜻한다는 것을 단번에 알아챘다.

새벽 4시. 제익과 알렐루야만 로그인이 되어 있던 시간에 제익이 왜 '할렐루야'가 아니라 '알렐루야'인지 물어왔다. 내가 'ㅎ'을 잘못 썼을 뿐이라고 하자 그녀는 '난 또 제프 버클리의 할렐루야인 줄 알았지'라고 답했다. 할렐루야라면 몰라도 알렐루야에서 제프 버클리를 떠올린다는 게 좀 특이했다. 게다가 제이크 버그의 '빠'라면 꽤 어릴 텐데 제프 버클리를 아는 것도 신기했다.

당시 제이크와 제프 중 누가 더 뛰어난 뮤지션인가에 관한 설전이 붙었는데 특이한 건 제익이 제프 버클리의 소울풀한 목소리에 찬사를 보냈고, 내가 제이크 버그의 천재성을 지지했다는 점이다. '산 자와 죽은 자를 비교하다니 정말 어처구니없네요. 우리 둘 다.' 이런 식으로 대화는 이어졌다. 제프 버클리가 젊은 시절 익사한 것은 무서우리만치 그의 아버지, 즉 팀 버클리의 죽음과 닮았다는 말에서 엘리엇 스미스나 에이미 와인하우스, 그리고 히스 레저 같은 천재 아티스트의 요절에 대한 이야기가 이어졌다.

"그 여자는 왜 그곳에서 죽은 것 같아요?"

밤이 깊어 피로해진 내가 어쨌거나 우리는 록의 후예든 아방가르드의 아들이든 보고 듣고 즐기면 그만 아니겠냐며 훈훈하게 이야기를 마무리하려는 순간 제익이 건넨 말이었다. 당시 세상을 떠들썩하게 했던 사건, 즉 에릭 클랩튼 공연장 자살 사건에 관해서였다. 가십에 솔깃하지 않을 사람은 없어서 그 여자에 대해 좀 아느냐고 물어보려 했을 때, 제익이 먼저 그녀가 자신의 고모라고 밝혔다.

인터넷이라는 공간은 허풍과 농담으로 점철돼 있었지만, 그리고 거짓말일수록 디테일했으므로 반신반의했지만 그녀는 담담히 말을 이어갔다. 혈관이 급속도로 부풀어 터져버리는 희소병이 집안 내력인데 발병하면 무서운 속도로 진전된다고, 불치병이라 고모로서는 어쩔 수 없는 선택이었다는 게 설명의 전부였다. 말끝에 자신도 결국 고모와 같은 길을 가게 될 거라고도 했다. 죽음은 가깝고도 멀었지만, 글쎄. 그녀의 말을 곧이곧대로 믿을 수는 없었다. 제익에 대한 당시의 인상은 자신을 극도의 불안 상태로 밀어 넣고, 그 상태를 약간은 즐긴다는 정도였다. 훗날 내가 "고모님이 남긴 유서는 없느냐"고 물었을 때 그녀는 단호하게 "그녀는 인생 자체가 한 편의 유서였어"라고 말했다.

그녀는 집요했지만 결론은 빨랐다. 오랜 채팅으로 혼미해진 내가 '사실 제이크 버그를 꽤 닮았다'고 우기게 됐는데, 그 말이 끝나기가 무섭게 당장 만나야겠다며 집 근처로 찾아왔다. 졸린 눈을 비비며 나간 자리에는 초등학생 같은 여자가 우비에 장화까지 신고 서 있었다. 비도 오지 않았는데 우산을 지팡이처럼 들고 등에는 기타를 메고 있었다. 자라다 만 것 같은 전체적인 인상이 적어도 위협적이지는 않았다. 그녀는 내 얼굴을 낱낱이 살피더니 "좋아, 그렇게 말하는 걸 허락해주지"라고 말했다. 제이크 버그를 닮았는지 살핀 것이었다. 갈 곳 없던 우리는 편의점을 향했고, 각각 취향에 맞는 라면을 골랐다. 나는 참깨, 제익은 새우. 창밖을 향해 서서 라면을 후루룩 먹을 때 편의점 창문에 나란히 비친 우리 둘의 모습을 보고 나는 우리가 우주 속을 떠돌던 반쪽이었다는 걸 알게 됐다. 그런 건 누가 가르쳐줘서 아는 게 아니었다.

라면을 다 먹어갈 때쯤 비가 쏟아지기 시작했는데, 그녀는 낄낄거리면서 이 보라고, 자신은 날씨를 조종한다며 의기양양해했다. 그리고 우산을 씌워준다는 핑계로 나를 집에 데려다주더니 방까지 들어와서는 가방에서 우쿨렐레를 꺼냈다. 그녀가 작아서 기타인 줄 알았다. 그녀는 비 내리는 새벽 우쿨렐레를 연주하며 허밍했다. 나는 오키나와의 허름한 게스트하우스에 앉아 있는 기분이 들었다. 물론 오키나와에 가본 적은 없지만 말이다. 열심히 연주하며 둥근 머리통을 흔드는 그녀의 모습에서 나는 다큐멘터리에서 본 아기 참새의 고갯짓을 떠올렸다. 그 후로 언제든지 참새를 보면 애인이 떠올랐다. 작고, 분주하고, 빠르게 날아올랐으며 시종일관 짹짹거렸지만, 겁이 많았다.

'너는 우쿨렐레를 들으려고 나를 만나지? 나는 너를 만나려고 연주를 하는 거야!' '자고 일어나면 물속에서 오래 숨을 참다 나온 기분이 들어. 숨을 참다 보면 눈물이 나. 그럴 때 나는 네 얼굴이 떠올라.' 그녀의 문자는 과장 좀 보태자면 두 걸음에 한 번씩 쏟아졌고, 그때마다 나는 밥솥을 내려놓고 답을 보내야 했다. '사는 게 능숙해진다면 너무 슬플 것 같지 않아?' 이런 문자에도 고작 '같이 있어 주지 못해 미안해'라는 텍스트를 보내는 게 전부였다.

문자를 보내며 걷느라 정신이 팔려 몰랐는데 언제 왔는지 전직 가수가 옆에 바싹 붙어 있었다. 나는 얼른 핸드폰을 집어넣었다. 그는 손수건으로 얼굴에 흐르는 땀을 연신 훔쳤다. '만물 수리 박사'에 들르는 걸 깜빡했다고 했다. 반가웠지만 밥솥 때문에 누전됐다는 사실을 그가 알아챌까 봐 설명을 길게 하지는 않았다. 그때 전화가 울렸고, 그가 밥솥을 빼앗듯 들고 통화를 하라며 배려해줬다.

"네가 이사했을 뿐인데 어쩐지 우리 연애의 1단계가 끝난 것 같아. 그런데 말이야, 2단계가 있을까?"

전직 가수의 실룩거리는 엉덩이를 바라보며 묵묵히 애인의 목소리를 들었다. 착 올라붙은 엉덩이를 보며 나는 사람의 엉덩이가 숫자 3과 비슷하다는 생각을 했다.

"거리의 사람들이 한 명도 빠짐없이 울고 있어. 정말이야. 나는 그들이 우는 소리가 들려."

드디어 신경증이 심해지고 있었다.

"고모가 보고 싶어."

애인은 사실 이 말을 하고 싶었을 것이다. 목소리는 담담했지만 둘 다 말이 없었다. 분위기를 바꾸고 싶었다.

"재밌는 얘기해줄까?"

일단 애인을 진정시켜야 했다. 그런데 그녀는 내가 말을 꺼내기도 전에 박장대소했다.

"왜 웃어?"

내가 묻자 그녀는 이렇게 답했다.

"재밌는 얘기할 거라며. 그래서 미리 웃었어."

나는 수사슴 얘기를 꺼냈다. 암컷에게 멋지게 보이기 위해서는 뿔이 클수록 유리한데, 정작 그 뿔 때문에 숲을 지나다 나무에 걸려 벗어나지 못하고 그 자리에서 죽게 되는 경우가 있다는 시시껄렁한 동물 백과였다. 공항 2층 청사 코너에 있는 작은 도서관에 비치된 그림책에서 본 내용이었다. 얘기를 들은 그녀는 잠시 조용하더니 한숨을 푹 내쉬었다.

"너무 슬픈 얘기인걸."

나는 전직 가수를 따라 굽이굽이 골목길을 들어갔다. 아직도 이런 골목이 남아 있다니 신기했다. 골목이 끝났나 싶으면 다시 새로운 골목이 나왔고 이제 그만 걷고 싶다고 생각할 때쯤 벽화가 나타났다. 하늘색 외벽에는 얼룩말 벽화가 있었고 한낮의 햇살이 말의 엉덩이를 비추고 있었다.

전화기를 댄 귀에서는 땀이 흘렀다. 이어폰을 두고 나온 게 한스러웠다. 애인이 내게 어디를 가는지 물어와 공항에 가는 길이라고 둘러댔는데 "앞에 보이는 간판을 읽어 줘"라고 해서 당황했다. 어물쩍거릴 때 그녀가 "내가 먼저 말할게. 내 앞에는 지금 웃음 연구소라는 간판이 있어"라고 말했다. 다행이었다.

우리는 그 와중에 '만물 수리 박사'에 도착했다. 상점 크기에 비해 간판이 거대했는데 아인슈타인을 닮은 콧수염 캐릭터가 우리를 반겼다. '만물 수리 박사' 내부는 작지만 정리가 잘 되어 있었다. 간판에서 튀어나온 듯한 주인장은 낮에는 수리하고 밤에는 아무도 몰래 발명을 하는 숨은 천재 같은 분위기를 풍겼다. 그는 전직 가수를 보자마자 달려 나와 먼저 연락을 못 해 미안하다고 말했다. 그런 후에 내 밥솥을 이리저리 들여다봤다.

"팬암이네요. 끔찍한 사고였죠."

그는 밥솥에 새겨진 로고를 보더니 중얼거렸다. 사라진 브랜드를 찾아 새롭게 론칭하는 게 한동안 유행이었는데, 그때 재탄생한 브랜드 중 하나가 바로 팬암이었다. 최고로 잘 나가던 항공사에서 지상에서 일어난 가장 끔찍한 항공 사고의 대명사가 된 비운의 브랜드. 왜 밥솥을 만들었는지는 알 수 없는 일이었다.

"밥을 먹을 때마다 살아 있음에 감사하라고."

애인은 그렇게 말하며 밥솥을 내게 안겼다. 그녀는 변화무쌍했다. 건강 염려 시즌에는 1960년대 미국식 가정용 건강 박스를, 취업했을 때는 런던에서 입수했다는 산업혁명 당시 노동자들의 도시락통을 보내오기도 했다.

밥솥은 접합 문제였다. '만물 수리 박사'의 박사는 겉모습만 옛날 거지 부품은 다 새것이라 고치기 수월하다고 큰소리를 쳤다. 오래 걸리지는 않을 것 같으니 잠시만 기다리면 될 거라고 했다. 하지만 전직 가수에게는 좋지 못한 소식을 전했다. 뒤돌아 진열장에서 구형 녹음기를 꺼내 내밀었다.

"도저히 고칠 수가 없어요. 이런 경우는 거의 없는데."

전직 가수는 복잡한 표정을 지었다. 너무 오래된 제품이라는 게 만물 수리 박사의 변명이었다. 전직 가수와 나는 벽에 붙어 있는 의자에 힘없이 앉았다. 내가 수리를 기다리기 위해서였다면, 그는 녹음기 때문에 상심해서였다. 전화가 또 울렸지만 받지 않았다. 좁은 공간이라서 애인의 목소리가 샐 것도 같았고 조금은 귀찮기도 했다. 또 시시콜콜 물어볼 텐데 전직 가수 앞에서 전직 가수에 대해 설명할 수도 없는 노릇 아닌가.

그때 전직 가수가 일어났다. 옆 카페에 가서 기다리자며 나를 이끌었다.

"어머니인가 보죠?"

전직 가수가 카페에 들어가 자리를 잡으며 물었다. 끊임없이 울리는 전화에 대한 질문이었다. 숨길 일은 아니지만 자랑스럽지도 않아 모깃소리로 "여자 친구요"라고 대답했고, 나도 모르게 "자꾸 죽겠다고 하네요. 물론 한 번도 죽은 적은 없지만요"를 발설했다. 통화가 길어진 데 대한 변명이었다. 아이스 커피가 담긴 유리잔에 방울방울 맺힌 물방울이 하나로 합쳐져 주룩 흘렀다.

"그 또래 여자들이 죽겠다고 하는 건 그렇게 놀라운 일은 아니죠."

그 말이 거리감을 좁혔다.

"무도거언 달해줘요."

얼음이 한가득 들어 있는 그의 볼이 불룩했다. 녹음기를 만지작거리더니 양 볼이 불룩한 채로 물끄러미 나를 바라봤다. 머쓱해졌다. 나는 그의 작은 가죽 손가방으로 시선을 옮겼다. 검색대 일을 하면서 타인의 가방을 볼 때면 나도 모르게 그 안을 투시하는 버릇이 생겼다. 그는 내 시선을 쫓아 가방에서 무언가를 꺼냈다.

"이런 일을 하고 있습니다."

힐링 선 연구원의 리플릿이었다. 문득 대학 때 친구를 따라갔던 정체 모를 종교 및 경제 집단이 떠올랐으며, 그를 아무 의심 없이 카페까지 따라온 게 후회됐다. 나는 그저 커피잔에 꽂힌 빨대를 소리가 나도록 쭉쭉 빨아댈 뿐이었다. 입속이 얼얼했다.

부채처럼 펼쳐진 리플릿에는 힐링 선 연구원 연혁과 여러 프로그램이 소개되었는데, 디자인이 조악해 멀쩡한 한글인데도 독해가 어려웠다. 그럼에도 불구하고 유기농 레스토랑이나 기(氣)체조, 트래킹, 명상 요법, 디지털과의 작별 등의 프로그램을 읽다 보니 한 번쯤 체험해보고 싶어지기도 했다. 세차게 고개를 흔들었다. 넘어가면 안 돼. 리플릿을 넘기니 '인기 한류 가수와 함께 하는 즐거운 레크리에이션 시간'이라는 글귀와 함께 그의 사진이 있었다. 사진 아래에는 작은 글씨로 힐링 선 연구원 이사라는 직함이 있었다. 대표이사라는 말은 와전된 것 같았다. 대표곡 〈오케이 유턴〉 부분에서 내 눈길이 멈추자 그는 얼른 리플릿을 거두며 말을 바꿨다.

"보안 검색 요원이라고요? 왜, 그 외국 나갈 때 오줌 지리게 만드는 제복 입은 양반인 거죠?"

그는 시답잖은 말을 하고 껄껄 웃더니 남은 커피를 단숨에 마셨다.

"저는 그쪽은 아니고 짐 검사하는 팀입니다."

그렇게 말한 후 하는 일에 대해 좀 더 구체적으로 설명하려다 그만뒀다. 어차피 서로의 영역이 달랐다. 입사하면서 정말 많은 직업이 있다는 것을 다시 한번 깨닫게 됐다. 세상에는 선생님, 의사, 디자이너, 대통령 말고도 수많은 일꾼이 필요했다. 공항 안에도 무수히 많은 직군이 존재했다. 나처럼 검색대에 앉아서 타인의 가방을 들여다보는 사람이 있는가 하면, 누군가는 한겨울 활주로를 누비며 눈을 치우고, 다른 누군가는 관제탑에 앉아서 신호를 보낸다.

물론 놀고먹는 것처럼 보이는 사람도 있었다.

이를테면 애인의 또 다른 직업은 '부자'였다. 처음 그녀에게 직업을 물었을 때 그녀는 쿨하게 "부자"라고 답했는데, 사실 여부와 관계없이 뇌리에 박혀버렸다. 부자가 직업이 될 수 있다는 걸 그때 처음 알았다. 애인은 이후에도 늘 스스로 자신이 부자라고 강조했지만 어디를 봐도 돈이 많아 보이지는 않았다. 도리어 빈곤해 보이는 인상에 가까웠다. 그녀의 첫인상은 우산 팔이 소녀였으니까. 애인은 이런 내 태도에 코웃음을 쳤다.

"증조할머니에게 물려받은 빈티지 셔츠에 아델이 입던 진을 입고, 자가용 비행기를 타고 오래된 기차역에 가는 거야. 그리고 그 동네에서 가장 유명한 제과점에 줄을 서서 찐빵을 딱 한 개 사 먹고 돌아가는 거. 그런 게 진짜 부자지."

풍만한 몸매를 자랑하는 아델의 바지 속에 그녀가 들어간 모습을 상상하면 웃음이 났다. 어쨌든 그녀는 "부자일수록 일은 더 필요해"라고 말했다. 실제로도 끊임없이 바빴다. 한 번은 빈티지의 대세가 런던에서 시드니로 옮겨졌다며 보름씩이나 훌쩍 혼자 쇼핑을 다녀온 적이 있다. 그러고는 장기 여행으로 인해 공황장애가 왔다며 한 달 넘게 병원에 다녔고, 그 상담 의사에게 수입해 온 빈티지 제품을 팔기도 했다. 그렇게 남긴 돈으로 내게 맛있는 것을 사 주고 선물을 했다고 생각하고 있지만, 사실 그녀의 행동반경을 정확히 알 수는 없다. 어쩌면 시골 동네를 다니면서 벽에 걸린 액자와 밥솥을 헐값에 사 오는지도 몰랐다. 그렇다고 해도 하나도 이상할 게 없었다.

그런가 하면 세상에는 전직 가수처럼 공항에서 외국인 관광객을 맞이하는 가이드도 있는 것이다. 그는 10여 년 전 OST 작업에 참여했던 드라마 〈오케이 유턴〉이 외국에 방

영되며 인기를 끌면서 뒤늦게 해외 팬이 꽤 생겼고, 일본 내 한류 붐이 한창일 때는 지방 도시까지 돌며 순회공연도 더러 했다고 한다. 그러다가 일본에서 인기가 가라앉을 무렵 중국 쪽 관광객을 상대로 한 패키지 여행에 참여하게 됐다.

"소형 항공사 알죠? 코리안 이글스라고, KE. 거기서 중국을 뚫었어요."

그날도 전직 가수는 중국인 관광객 한 팀을 선 연구원에 안내하고 오는 길이었다. 사람들 앞에서 재롱을 부리기에는 늙어 보였지만 관광객의 연령에 따라 얼마든지 젊은 청년일 수도 있었다. 우리는 어쨌거나 같은 공항을 기점으로 일하는 사람들이었다. 그 와중에 그는 자기 일의 기본급이 형편없으며, 관광객 머릿수에 따라 성과급을 받아 들쑥날쑥하다고 투덜댔다.

"독립하시면 어때요? 전망이 좋을 것 같은데요."

내가 짐짓 비즈니스맨처럼 말했을 때 그가 느닷없이 손을 뻗어 내 뺨을 움켜쥐었다. 기습적이었다. 우리 사이에는 잠시 정적이 흘렀다.

"미안합니다. 미안합니다."

그가 나보다 더 놀란 것 같았다. 곧 고개를 떨구고 자신의 얼굴을 감싸 쥐었다. 이런. 마흔 중반의 혼자 사는 남

자. 게다가 가수 출신. 결혼한 적도 없는 듯했다. 집에 여자
가 드나드는 걸 본 적이 한 번도 없었다. 그 나이에, 수상한
게 한둘이 아니었다. 애인이 있다고 말한 게 얼마나 다행인
가 싶었다. 전화가 울렸지만 받을 수 없었다. 축축한 손바닥
의 감촉이 뺨에 계속 들러붙어 있었다. 이건 뭐지. 차라리
'선(仙)을 아십니까'가 나을 뻔했다. 얼음을 오독오독 씹지
도, 그렇다고 뱉지도 못한 채 나는 내 볼을 감싸 쥐었다. 그
렇게 우리는 잠시 뺨의 시간을 보냈다. 중년의 남성이 청년
의 뺨을 만지고, 청년이 놀라고, 둘이 각자 자신의 뺨을 쥐
는 진풍경이 벌어진 것이다.

"놀랐죠. 정말 미안해요. 별 뜻은 없습니다. 막내 생각
이 나서 저도 모르게 그만."

그는 머뭇거리더니 금줄로 된 목걸이를 풀어 탁자 위에
올렸다. 목걸이에는 작은 사진 팬던트가 걸려 있었다. 앞면
에는 바가지 머리를 한 어린아이가 환하게 웃는 사진이, 다
른 면에는 중학생 정도로 보이는 남자애의 증명사진이 들
어 있었다.

"녹음기에…… 동생이 들어 있습니다."

그에게는 열세 살 아래의 동생이 있었다. 그가 맏이였
고 가운데에 여동생이 둘, 그리고 사진 속 아이가 막내였다.

그가 기타 숍을 운영하면서 간간이 음반 작업을 하며 지낼 때 사건이 벌어졌다. 당시 동생 반 아이들 여럿이 한 아이를 때렸고, 그 와중에 동생이 급소를 친 모양이었다. 우연히 패싸움에 휘말렸는지, 고의적으로 그 애를 왕따한 건지, 혹은 동생이 왕따를 당한 건지 자세한 내막은 모른다고 했다. 전화가 걸려왔고, 너무나 순진하게 자신이 사람을 죽인 것 같다고 울먹거리던 동생의 목소리만이 기억에 남을 뿐이라고 했다. 별일 아니었더라면 좋았을 아이들의 싸움은 그렇게 비극으로 종결됐다. 그러고는 죄인의 가족이 무슨 말을 더 할 수 있겠냐고 덧붙였다.

"죗값을 치르게 했어야 했는데 그러지를 못했습니다. 미련한 짓이었는데, 도피시켰어요. 일본으로 보냈어요. 돈도 보내주고 저는 몇 번 직접 가기도 했는데, 어느 날 연락이 끊겼죠."

도피는 시켰지만 다른 준비가 없었다. 동생은 그때부터 말도 통하지 않는 이국에서 신분증 한 장 없는 삶을 살아가야 했다. 설사 그가 당시 동생 곁에 있었다고 해도 큰 도움을 줄 수는 없었을 것이다. 그는 동생보다 어른이었지만 누구나 인생은 처음 살아내는 것이니 말이다. 세 번째 일본에서 만났을 때 자신보다 더 노회한 동생의 눈동자를 봤다고 했다. 그날 이후 동생은 완전히 사라져버렸다.

"그 후 두어 번 여동생에게 연락이 왔다고는 하더라고요. 처음엔 하얼빈이라고. 그다음에는 자기를 찾지 말라고 했답니다."

그게 벌써 7년 전이라고 했다. 그의 안색이 붉어졌다. 울음을 참는 모양이었다.

"우린 너무 가난했어요…… 무지했죠……. 그 애를 지켜주지 못했습니다. 막내의 얼굴이 지금 어떻게 변했을지 나는 모릅니다."

일본의 한 공연장 무대 위에서 눈이 빠져라 동생을 찾는 그의 모습이 눈에 선했다. 더 유명해져서 동생이 자신을 찾아오게 하고 싶었을지도 모른다. 사람마다 사연은 있다. 애인이 빈티지 사업을 하는 까닭이나 내가 공항에서 일하게 된 이유, 그런 것들은 켜켜이 쌓인 각자의 인생 결과물인 것이다.

아버지가 트렁크를 끌고 오면 엄마는 달뜬 얼굴로 아버지를 맞이했고, 나는 집 바깥에서 비눗방울을 불며 놀았다. 비눗방울 놀이가 좋았다. 숫자 0과 닮아 있는 그 방울들이 공기를 뚫고 날아오르다가는 툭 하고 터져버리는 모습을 볼 때면 그 얇은 점막은 다 어디로 사라지는 걸까 궁금했지만 나는 금세 잊고 또 새로운 0을 만들었다. 불기만 하면 끝도 없이 생겨나는 0들. 깜깜해질 때까지 불고 또 불면 눈과 귀가 터질 것 같았다. 그러면 아버지가 다시 트렁크를 끌고 돌아갔다. 그리고 어느 날부턴가 나는 더 이상 비눗방울을 불지 않아도 됐다.

전직 가수의 상실감을 이해할 수 있었다. 녹음기는 그 자체로 동생만큼의 가치를 지녔을 것이다. 손에 잡히는 것이란 그렇다. 녹음기에는 어떤 노래가 들어 있을까. 노래가 아니라 무의미한 음성이 담겨 있을 수도 있다. '루까루까 루까 끼루끼루끼루' 같은 소리. 누구나 어린 짐승이었던 그 시간의 소리 말이다.

"안면이 있다고 오래 붙잡았습니다. 처음 뵐 때부터 동생 생각이 나서……."

그러더니 언제 침울했느냐 싶게 호탕하게 웃으며 "마치 남자가 여자에게 작업하는 것 같지 않습니까?" 큰 소리로 말했다. 그 말이 더 어색했다. 그나마 형이라고 불러, 하며 어깨동무를 하지 않는 것을 다행으로 생각해야 할 판이었다. 카페 주인이 테이블에 와서 안부를 전하자 전직 가수는 더더욱 오버했다. 이 구역의 터줏대감은 오래된 비밀을 나라는 웅덩이에 묻고 현실로 돌아온 듯했다. 주인은 커피가 마음에 들었느냐고 묻고는 선물이라며 작은 노트를 하나 내밀었다. 개업 때 만든 건데 아직 남아 가끔 손님에게 나눠준다고 덧붙였다.

"개뿔. 쓸데없이 책은. 그거 아무것도 아니야. 주려면 커피나 더 주라고."

전직 가수는 잔으로 툭툭 테이블을 두드리고는 서둘러 목걸이를 채웠다. 동생의 사진은 처음과 마찬가지로 셔츠에 가려져 보이지 않았다.

책은 시시했다. 얼룩말과 캥거루 그리고 새우의 윤곽이 빗금으로 그려진 일종의 아트북이었다. 페이지를 빠르게 넘기면 백마에서 얼룩이 생겼다가 흑마로 변했고, 캥거루 배의 주머니가 사라졌다 나타났다 반복됐다. 새우도 마찬가지였다. 수염이 한 줄 두 줄 생겼다가 다시 사라지곤 했다. 얼룩과 주머니와 수염이 자유롭게 나타났다 사라지는 그 책을 내가 앞뒤로 스르륵 스르륵 넘길 때 '만물 수리 박사'에서 연락이 왔다. 나는 주인을 붙잡고 떠드는 전직 가수를 두고 카페를 나섰다. 밥솥을 찾아 들고 구불구불한 골목길을 벗어나는 데 시간이 좀 걸렸다. 애인에게는 전화가 여러 통 와 있었다. 문자를 먼저 확인했다.

[예전에도 사실 나는 같은 곳에 있었어. 널 알기 전에는 혼자였지만. 사랑이 기념품이 아니란 걸 알아. 이제 널 떠나줄게. 할렐루야.]

보나 마나 또 어디선가 본 노래 가사거나 시를 짜깁기했겠지만, 그녀의 감정 표절에 대해 아는 척하지 않았다. 나는 그녀가 헤어지자고 할 때마다 애태우고 슬퍼하며 진심으로 붙잡았다. 어쩐지 그녀의 그런 말들이 비명처럼 느껴졌기 때문이다. 그럴 때면 유일했던 가족을 놓쳐버린 과거가 떠올라 모르는 척할 수 없었다. 애인이 저러다가도 또 아무렇지도 않게 "여태까지 내가 한 말은 몽땅 잊어줘. 그럴 거지?" 하면서 내 등을 타고 기어오를 것이라고 믿고 싶었다.

밥솥을 든 채로 통화 버튼을 눌렀다. 애인은 받지 않았다. 그래도 계속 걸었다. 스무 번쯤 시도했을 때 수화기 너머로 힘없는 목소리가 들렸다. 아무렇지도 않게 그러나 다정한 목소리로 사실은 밥솥이 고장 났었다고, 그러나 이제 고쳤다고 고백했다. 그녀가 반응하기 전에 빈티지는 그게 맛이니 다른 상상은 하지 말라고도 덧붙였다.

"이제 너한테 해줄 수 있는 게 없어. 취직도 했고, 더 이상 엄마는 필요 없잖아."

많이 운 목소리였다.

"엄마는 누구에게나 필요해. 나에게도, 너에게도."

잠시 침묵이 흘렀다.

"비밀인데, 사실 나…… 삼백 살이야. 네가 아는 것보다
나이가 좀 더 많다고. 시간이 지나면 네 피를 빨아먹을지도
몰라. 그러니 그만 헤어져. 이제 또래 인간 애인을 찾으라고."

그녀다운 이별 통보였다.

그 후 그녀는 거짓말처럼 연락을 끊었다. 그녀가 자주
꾼다는 물속에 갇힌 꿈을 나도 처음으로 꾸었다.

그날 나는 생각보다 훨씬 나이가 많은 애인에게 결별
통보를 받았고, 이웃인 전직 가수의 사연을 얻었으며 얼룩
을 벗은 얼룩말과 주머니를 잃은 캥거루, 수염을 자른 새우
를 만났다.

고쳐온 밥솥을 사용한 건 그로부터 며칠 지나서였다.
날씨는 어느덧 선선해졌고 해는 빨리 지기 시작했다. 밥솥
은 전보다 더 요란하게 칙칙 소리를 내며 온힘을 다해 달렸
다. 밥솥을 보니 그녀 생각이 더 많이 났다. 애인은 증발해
버렸고 나는 어떤 방법으로 그녀를 찾아야 할지 난감했다.

언제나 몸이 먼저 굳었다. 엄마가 쓰러져 있을 때도 옆에 가만히 앉아 있던 게 전부였다. 그저 '기다리는 것'이 다였다. 엑스레이로 가방을 투시하듯 사람의 마음을 볼 수 있다면 뭐라도 좀 달라졌을까.

밥솥이 제 일을 하게 두고 거실 한쪽 구석에 앉아 카페에서 받은 책을 들어 거꾸로 펼쳐보았다. 이번에는 흑마가 얼룩말이 되었다가 다시 백마가 되는 것처럼 보였다. 밥솥이 삑삑거리는 소리가 들렸다. 그러나 그것도 잠시였다. 김을 뿜으며 기차처럼 내달리던 밥솥은 순간 제힘에 못 이긴 듯 펑 하고 꺼졌다. 순식간에 집 안의 모든 전원도 함께 나가버렸다. 갑자기 찾아온 어둠과 고요 속에 꿀렁꿀렁 넘치는 밥물 소리만이 울려퍼졌다.

집 안에 밥의 온기가 퍼졌고 나는 급속도로 허기졌다. 어디선가 비행기가 뜨고 내리는 소리와 애인의 울음소리가 들리는 것 같았다. 그리고 그 컴컴한 가운데 사슴 한 마리가 보였다. 한없이 위대하고 싶은 수사슴은 뿔이 나무에 걸려 오도 가도 못했다. 오래도록 울어도 어쩔 수 없는 일이었다. 그녀도 이처럼 깜깜한 가운데 홀로 무릎을 끌어안은 채 앉아 있을 것 같았다. 나는 검은 실내에서 귓가에 울리는 우쿨렐레 연주 소리에 맞춰 조용히 읊조렸다. 알렐루야.

우리가 소멸하는 법

"너무 함부로 자고 다니는 거 같아서."

무엇을 속죄할 거냐고 물었을 때 유구는 벌게진 얼굴의 땀을 닦으며 말했다. 한여름 무덤 가장자리를 따라 둥글게 걷는 일은 생각보다 고됐다. 그러니까 유구는 왕릉을 걸으면 지은 죄가 덜어질 거라 믿는 것 같았다.

"그, 그런데 왜 왕릉이야?"

내 물음에 유구는 이렇게 답했다.

"이름 없는 작은 무덤을 걸을 수는 없잖아. 왕릉이라면 어디든 상관없다고 생각했어."

흰 원피스에 빨간 배낭, 발가락 양말에 조리를 신은 유구는 속죄자보다는 묘지기라고 하는 편이 더 어울릴 것 같았다. 게다가 양산과 비닐봉지까지 들어서 번잡하고 힘겨워 보였다. 나는 유구의 왼쪽 위로 솟은 꽃무늬 양산과 오른손 아래 달랑거리는 비닐봉지를 바라보며 걸었다.

유구가 말한 '함부로 잔다'는 게 무슨 뜻인지 정확히 알지 못했고, 그게 죄인지도 잘 모르겠다고 생각했지만, 그래도 걷는 일로 무거운 마음이 덜어진다면 얼마든지 동행할 수 있었다. 햇살 때문에 미간이 저절로 찌푸려졌다. 손으로 해를 가리는 나를 보며 유구는 말했다.

"뜨거우니까 걷자는 거야."

속죄에도 적절한 온도가 있는 걸까. 정말로 참회한다면 자신의 몸을 괴롭히는 게 맞겠지만 선글라스에 양산까지 장착한 유구에 비해 민얼굴, 맨머리의 나는 좀 불공평하다고 여겨졌다. 게다가 속죄 당사자는 내가 아니라 유구가 아닌가.

"하, 함부로 잔다는 건 무슨 뜻이야?"

유구는 내 소리가 들리지 않는지 앞서서 걷기만 했다.

매미 울음소리가 함성처럼 무덤 전체를 에워쌌다. 함부로 잔다는 건 대상일까 장소일까 혹은 시간일까. 대상이라면 매미와도 잘 수 있다는 걸까. 매미라면 거절이다. 내가 생각하는 함부로 자는 것은 매미와도 자는 것. 매미를 그래서 잠결에 등으로 눌러 죽이는 것, 그런 거다.

우리는 모든 게 정지된 스틸 사진 같은 고도에서 느리

게 움직이고 있었다.

　유구가 무덤을 걷자고 했을 때 나는 자연스럽게 작은 봉분들을 떠올렸다. 그러니까 '무덤'이 아니라 '묘지'를 상상한 것이다. 공동묘지라면 내가 살던 컨테이너 근처에도 있었다. 묘지가 무서웠던 적은 없다. 죽은 사람을 무서워할 이유가 없지 않은가. 도리어 땅속에 누워 있는 그들을 떠올리면 묘하게 든든하다고 해야 하나. 일면 차분해진다고 해야 하나. 그리고 좀 더 나아가면 더는 살지 않아도 된다, 그러므로 이제는 안전하다는 안도감마저 들었다.

　무덤 곁에서 나는 잠깐 '톨룬드 맨'에 대해 생각했다. 2400년 전 덴마크에서 제물로 바쳐졌다는 한 남자. 부장품으로 묻힌 그는 주인보다 오래 아니, 거의 영원히 살아남았다. 그는 이 사실이 자랑스러울까 수치스러울까. 나는 주인의 시신 옆에 누워 있는 한 남자가 된 상상을 했다. 그래도 더위는 가시지 않았고 매미 소리는 거의 고통스러울 만큼 시끄러웠다.

*

　만남의 장소가 왕릉이라는 게 의아했지만 유구에게 연

락이 온 일 자체가 놀랍지는 않았다. 유구는 떠난 후에도 내게 종종 전화를 걸어왔다. 이사 간 동네 이야기, 요즘 하는 아르바이트 이야기, 날씨 이야기, 참가하고 싶은 뮤직 페스티벌 등에 대해 느리게 말하곤 했다.

교호에 대해서도 아주 조금은 이야기를 나눴다. 하지만 아주 조금이었다. 내가 먼저 "교호만큼 검은색 셔츠가 잘 어울렸던 사람은 또 없을 거야"라고 하면 유구가 "맞아. 올 블랙은 교호를 따라올 자가 없지" 하고 더는 이어지지 않는 식이었다. 교호와 유구 몸에 똑같이 있는 해와 물고기 타투에 대해서라든가 자주 흥얼대던 〈The Way We Perish Together〉 같은 노래가 누군가의 입에서 나오면 한 소절은 뇌까렸지만 더는 부르지 않는 게 우리의 규칙이었다.

그렇지만 이런 대화마저 부재한다면 교호와의 시간은 아예 없었던 것이나 다름없음으로 우리는 조심스럽게 덜 삶아진 달걀의 껍데기를 까듯 그 시간을 건드린다. 가까스로 타원형을 유지하고 있지만 조금만 세게 만지면 노른자가 터져 흘러내릴 것이다.

교호는 내가 막 성인이 되었을 때 우리 소도시에 와서 클럽 '폴렌타'를 열었다. 그때까지 내가 살던 곳에 술, 음악, 춤을 담당하는 곳은 성인 전용 클럽 '태평양' 하나였으므로 우리는 모두 환호했다. 교호가 어디에서 왔는지 몇 살인지 정확히는 알 수 없었지만 우리는 '폴렌타'에 모여 음악을 듣거나 술을 마시거나 하며 놀았다. '폴렌타'는 이름부터가 이국적이었고—처음 보는 메인 메뉴의 이름이 폴렌타였다!—그리고 무엇보다 음악이 좋았다. 혼자 듣던 음악을 모여서 함께 듣는 것만으로도 충분히 황홀했다. 우리는 그 어둡고 기묘한 분위기에 젖어들었다.

하지만 폴렌타에서 나올 때는 몇 배로 슬퍼졌다. 문을 열면 훅 끼치는 바깥의 공기 때문이었을 거다. 옥수수 이파리 부대끼는 소리, 하천의 냄새, 부서진 돌과 흙의 기운이 소도시의 현실을 일깨웠다. 어쩌면 우리는 거의 모두 집이 싫었고 사는 동네는 더 싫었던 모양이다. 먹고살기 위해 하는 근근한 일들도 마찬가지였다. 어른들이 하는 초라한 일들을 물리칠 재간이 없었고 떠날 용기는 더더욱 없었다.

유구와 처음 만난 곳도 폴렌타였다. 그날도 이렇게 더웠는데 유구의 이마에 앞머리가 몇 가닥 붙어 있어 곤충 더듬이처럼 보였다. 유구는 교포라고 했는데 어디에서 왔는지는 정확히 말해주지 않았다. 다만 '교포치고' 한국어를 잘한다고 다들 감탄했을 때 "한국말밖에 못 해"라고 말했던 건 또렷하게 기억한다. 친구들은 의아해했지만 더는 신경 쓰지 않았다. 유구는 폴렌타의 흰 벽에 빛 같은 점을 흩뿌리며 춤을 추곤 했다. 언제나 오버사이즈 옷을 입어 자루에 들어간 성냥 같았는데 나는 그게 교포 패션이라고 철석같이 믿었다.

유구는 모르겠지만 나는 유구의 글을 본 적 있다. 지역 신문에 교포 수기 공모전 수상작이 실렸고 거기 유구의 얼굴이 있었기 때문이다. 유구의 사진 밑에는 '앨리스(21, 재미교포)'라고 적혀 있었다. (물론 그걸 찾아 읽은 폴렌타 멤버는 나뿐이었을 거다.)

그래서 나는 유구가 사실은 앨리스이고, 샌프란시스코에서 양아버지 햄튼과 함께 살았고, 그 작은 집에는 백야드가 있다는 걸 알고 있다. 여기서 포인트는 '뒤뜰'이라고 하면 안 된다는 거다. 반드시 '백야드'라고 해야 한다! 유구의 양아버지 햄튼은 조명 디자이너였는데 집의 2층 작업장에서 주로 일했다. 조명 주문은 자주 있는 게 아니고 한번 들어오면 한두 달은 꼬박 매달려야 해서 큰돈이 되지 않았다. 햄튼의 꿈은 포올 헤닝센 같은 유명한 조명 디자이너가 되는 거였지만 실제로는 카피 제품 주문만을 묵묵히 해내곤 했다. 아무튼 그런 주문마저도 별로 없어서 평소에는 작은 가구들을 만들어서 팔아 생활비를 벌었다. 유구도 가족의 생계를 돕기 위해 홉 공장에서 아르바이트했다. 수기에는 그때 유구가 홉의 향기에 반했다는 구절도 있었다.

그러던 어느 날 이웃집 아이의 생일파티에 초대된 햄튼과 앨리스는 손수 만든 선물을 들고 갔다. 풍선 장식이 가득한 실내에서 아이들은 뛰놀았고, 뒤뜰, 아니 백야드에서는 바비큐 파티가 열렸다. 그날 바비큐를 하던 장소에서 양아버지 햄튼은 총기 사고로 빵! 죽고 만다. 급소를 맞고 즉사했으며 햄튼이 쓰러진 자리에는 아기에게 주려고 만든 나무 장난감이 굴러다녔다는 이야기였다. 앨리스는 친구 교호와 함께 아버지의 유해를 캘리포니아 해변에 뿌렸다. 그곳에서 교호와 앨리스가 함께 돌보던 물개 망고도 햄튼의 죽음을 슬퍼했다.

나는 이 미국 소설 같은 이야기가 너무나 흥미진진했고 유구가 더 신비롭게 보였다. 유구의 비밀 아닌 비밀을 알고 있다는 게 자랑스럽기까지 했다.

*

왕릉의 면적은 생각보다 커서 둥글게 돌고 있다기보다는 그저 끝없는 길을 걷는 듯했다. 무덤의 어떤 풀은 조금

웃자랐고 어떤 풀은 납작했다. 그걸 바라보다 보면 어지럽기도 했지만, 그 덕에 잠시 걷고 있다는 사실을 잊을 수 있었다. 뜨거움 속에서 걷다 보니 현기증이 났다. 어지러워서 투명해지는 기분이었다. 티셔츠는 땀에 절어 몸에 달라붙었다. 나는 유구와 떨어지지 않기 위해 열심히 걸었다.

"몸이 없으면 얼마나 좋을까."

무덤 위의 까치들을 바라보며 교호가 종종 하던 말을 떠올렸다. 그래서 교호는 자신의 몸을 없앤 걸까. 그렇다면 영혼은 어디 있을까. 혹은 마음은. 교호의 마음은 공기 중에 있을까, 우리의 어딘가에 일부 묻어 있을까, 몸과 함께 완전히 없어졌을까. 그렇다면 교호는 편하겠지만 나는 슬프다. 교호는 언제나 삶보다 죽음에 관심이 더 많았다.

"어머, 이것 좀 봐."

유구가 멈춰 선 자리에는 매미가 한 마리 떨어져 있었다. 어쩌다 홀로 그곳에 있는지는 알 수 없었지만 누워서 바둥대고 있었다. 유구가 손으로 살짝 건드리자 매미는 발악하듯 울며 날개를 흔들어댔다. 유구는 가만히 매미를 들여다보다 날개 부분을 잡고는 뒤집힌 매미를 원래의 엎드린 자세로 돌려주었다.

"매, 매미가 엎드렸어!"

내가 놀라 소리 지르기가 무섭게 매미는 다시 뒤집혔다. 머쓱해진 나는 매미를 도로 뒤집어보았지만 쉽게 회복되지 않았다. 매미는 나를 신뢰하지 않았다. 바둥거리면서도 절대로 본래의 자세로 돌아가지 않았다.

나는 유구에게 함부로 자는 것에 관해 묻고 싶었다. 나와 교호도 어떤 면으로는 함부로 잤지만 속죄하지 않았다. 사랑까지 한다고는 할 수 없었지만, 충분히 행복했다. 다만 나는 남자와 자는 건 이제 마지막이라고 다짐했다. 어떤 시작은 함부로지만 그게 꼭 죄는 아닐 거다. 이 사실을 유구에게 말해주고 싶었다. 하지만 풀을 쥐어뜯으며 이렇게 말할 뿐이었다.

"매, 매미가 하, 함부로 잔다."

유구는 나를 째려봤다.

"함부로 잔다는 건 그런 게 아냐. 나는 사랑에 대해 항상 생각해. 교호가 있을 때도, 교호가 떠난 후에도 폴렌타에서 일할 때도 지금도 그래. 하루 종일…… 어떨 때는 하루를 넘겨서 생각해. 사랑에 대한 음악을 듣고, 사랑에 관한 시를 읽어. 사랑에 대한 영화를 보고. 사람들은 사랑이 없는 만큼 사랑에 대해 더 많이 이야기하는 것 같기도 해. 그런데 참 이상하지. 이토록 열심히 사랑에 관해 연구하는데, 밤이고 낮이고 새벽이고 아침이고 항상 사랑에 대해 질문하고 대답하는데, 자고 일어나면 침대에는 낯선 남자가 누워 있단 말야."

매미의 울음소리는 유구를 이길 듯이 커졌다. 누운 채로 하는 마지막 발악 같았다.

"그러니까 나는 그렇게 숭고하고 좋은 것들을 착즙기에 다 넣어서 돌리는데, 사랑에 관한 수많은 필름을 다 넣어서 짜내고 또 짜내는데 내 사랑의 결과물은 그냥 잘 모르는 남자야. 무슨 말인지 이해해?"

"아니…… 어, 어제도 그럼 함부로 잤어?"

갑자기 어젯밤의 유구가 궁금했지만 유구는 대꾸해주지 않았다. 이해할 수 없었다. 유구는 똑똑했지만 멍청이였다. 사랑에 대해 생각하는 건 무효다. 그럴 시간에 옆에 누워 있는 존재에 대해 생각하는 편이 더 사랑에 가까운 것 아닐까. 죽음에 대해 아무리 생각해 봐도 소용없다. 그건 모르는 일이다. 하지만 소중한 사람이 죽거나, 소중하지 않았다 해도 알던 사람이 죽으면 그게 뭔지 저절로 알게 된다.

하지만 나는 이걸 말할 재간이 없다. 땀을 흘리며 더듬거리다 끝날 것이다. 다만 용기를 내어 유구에게 "그럼 오늘은 나랑 자는 거 어때"라고 말하고 싶었다. 나도 여자와 자보고 싶었다. 그럴 수 있을까. 하지만 유구는 무섭다. 나를 때릴지도 모른다. 맞는 건 괜찮지만 다시는 유구를 못 보게 될까 봐 무섭다.

이렇게 서로 다른 생각을 할 때 어떤 사람이 우리를 향해 빠르게 다가왔다. 선캡에 마스크와 복면을 쓰고 팔에는 토시까지 해서 미라처럼 보였는데 자세가 조금 어색해 유심히 살펴보니 세상에, 뒤로 걷고 있었다. 미라는 뒤로 걷는 것치고는 속도가 빨라 우리는 물러섰다. 미라가 가까이 올수록 시끄러운 노랫소리도 함께 들렸다. 음악 때문에 더위와 우리의 느린 발걸음과 함성과도 같던 매미의 울음소리는 옹색해졌다. 나는 그 움직임을 서커스를 감상하듯 바라보았다. 무덤가를 뒤로 걷는다면 그건 속죄일까 기만일까 생각하고 있을 때 그만, 혼신을 다해 울던 매미를 미라가 우지끈 밟아버렸다.

"매, 매미야."

매미를 찾았지만 형체가 보이지 않았다. 아마 미라의 운동화에 붙은 모양이었다. 아무 데서나 함부로 자면 안 돼 매미야. 물론 넌 잔 건 아니었지만.

"이것 보세요."

유구는 뒤로 걷는 미라를 따라갔다.

"매미를 밟으셨어요."

"네?"

미라의 작은 스피커에서는 계속 이상한 음악이 흘렀다. 고통스러웠다. 이런 음악을 계속 듣는다면 나는 서서히 죽어 갈 거다. 유구가 어서 그 사람을 보내면 좋겠다고 생각했다.

"죽었다고요. 매미가."

"무슨 말이에요, 아가씨? 매미는 원래 다 죽어. 이 계절이 지나면 어차피 죽는다고. 그거 죽으려고 내려온 거야. 안 그래 청년?"

미라가 나에게 화살을 돌렸다. 나는 그저 아, 어…… 더 듬거리며 머리를 긁었다. 누구든 나를 지목하면 식은땀이 난다.

"그렇게 치면 아줌마도 죽을 건데, 오늘 누가 밟지는 않았잖아요."

미라는 개의치 않고 빠르게 뒤로 걸었고 유구는 뒤따라갔다. 속죄 중에 할 일은 아니었지만 유구는 미라에게 질 생각이 없어 보였다. 나는 매미가 누워 있던 곳을 살폈다. 떨어져 있는 작은 날개 부스러기와 몇 개의 다리를 그러모았다.

유구는 곧 매미의 사체를 받아들어 돌아왔다.

"같이 묻어주자고 했는데 싫대."

따라다니며 나무랄 일은 아니었다. 부주의한 거지 살충의 의도가 있던 건 아니지 않은가. 같이 묻어주자고 끝까지 우겼다면 미라는 우리를 신고했을 수도 있다. 무덤을 밟고 있다는 죄목으로 말이다.

"그리고 저 사람은, 아니 저 미라는 끝까지 사과하지 않았어."

따지고 보면 우리에게 사과할 일도 아니었다. 꼭 해야 한다면 매미에게 사과해야 하지만 매미는 이미 죽었다. 죽은 자에게 할 수 있는 것은 애도와 기도뿐이다. 대신 우리가 매미가 누워서 울던 자리를 찾아 무덤을 만들어주기로 했다.

"삽이 없는걸."

내가 두리번거릴 때 유구가 가방을 열었다.

"여기 숟가락이 있어."

그런 걸 왜 가지고 다닐까. 더워서 묻기가 귀찮았다. 유구는 그 큰 숟가락으로 흙을 팠고 나는 매미의 사체를 모아 구덩이 안에 내려놓았다. 왕의 무덤 한쪽에 매미를 순장시키는 기분이었다. 하지만 우리는 살아 있는 매미를 묻는 게 아니다. 매미는 이미 죽었다.

흙 속에 조각난 채 누운 매미는 홀로 있을 때보다 하찮고 평온해 보였다. 매미가 왕을 지켜줄까 왕이 매미를 지켜줄까. 그들은 어쨌거나 나란히 같은 흙 속에 누워 있다.

"이 매미를 뭐라고 불러야 할까?"

"매미 1004번 정도?"

"응. 그러자. 천사 매미. 매미는 원래 이름이 없으니까. 근데 이 왕릉에 천 마리나 넘는 매미가 있을까?"

한 마리의 매미가 이탈했지만 매미들의 소리는 여전히 오케스트라처럼 웅장했다. 방금 묻힌 매미가 상당히 하찮다는 걸 깨닫자 기분이 이상했다.

"그런데 미라는 반성할까?"

내가 말하자 유구가 이렇게 답했다.

"반성은 할 수도 있겠지. 진짜 반성이라기보다는 내가 화를 내니까 할 수 없이 하는 반성 정도? 사실 반성할 일은 아니잖아. 누워 있는 매미를 밟은 것뿐이야."

유구가 갑자기 이성적으로 말하니까 공연히 매미에게 미안해졌다.

"그런데 말야. 반성과 속죄는 다른 것 같아. 생각해 봐. 반성은 거의 누구나 하는 거야. 반성을 위한 장소도 곳곳에 있지. 반성의 시간을 정해놓는 경우도 있어. 그러니까 그건

'반성을 한다'는 관성에 불과해. 살아가는 데 형성된 일정 정도의 습관 같은 거야. 그렇지만 속죄는 달라. 신에게 가서 고하는 게 아니야. 돌을 들고 직접 걷는 게 속죄야. 반성은 자꾸 해봤자 별 소용이 없어. 나는 습관적 반성은 하지 않는 것보다 더 나쁘다고 생각해. 반성이 관성이 되면, 이제 속죄할 기회마저 잃거든. 내가 어디에 있는지 모르게 되는 거야."

그렇다면, 유구의 말이 맞는다면 내가 지금 어디에 있는지 모르는 이 걸음은 속죄일까 반성일까. 이곳을 걷는 게 뜨겁고 끈끈하고 힘들다고 해서 속죄라고 할 수 있는 건가. 지금 이 순간 왕릉을 걷는 우리의 걸음은 무엇으로 기록될까.

교호에게도 무덤이 있다면 좋지 않을까. 앞서 걷는 유구도 같은 생각을 할 것이다. 그러면 우리는 왕릉이 아닌 교호의 무덤을 찾았을지도 모르겠다. 무덤이 아니라도 좋다. 납골당이라도 있다면 좋지 않을까. 죽은 자들의 아파트. 칸칸이 즐거운 추억, 아름다운 사진, 꽃 등이 들어 있고 그 앞에서 남은 자들은 애도한다. 교호를 기억할 수 있는 공간이면 어디든 상관없다. 누가 뭐래도 슬픔의 장소는 반성의 장소만큼이나 필요하다.

교호가 그렇게 떠나고 우리는 우왕좌왕했다. 가족이 아

니면 시신에 대한 권한이 없다는 것도 처음 알았다. 교호는 가족과 오랫동안 연락하지 않고 지냈지만, 그래서 우리가 마치 가족 같다고 생각했지만 경찰은 교호의 진짜 가족을 금방 찾아냈다. 교호의 유서에 적힌 우리를 향한 호의나 부탁은 법적 효력을 갖지 못했고 폴렌타는 바로 정리되었다. 피는 성가시지만 그토록 중요한 것이었다.

[고인의 뜻대로 흔적을 남기지 않았습니다. 양해해주시길 바랍니다.]

수소문 끝에 알아낸 교호의 형은 전화를 받지 않았고, 문자로 납골당이 어딘지 물었을 때 이렇게 답해왔다. 부드럽고 매끈한 문자였다. 고인의 뜻은 이렇게나 잘 따르면서 고인이 고인이 되기 전에는 왜들 싸우거나 외면하는 것일까. 물론 교호의 가족에 대해 잘 알지 못하니 함부로 생각해서는 안 된다.

"폴렌타는 어떻게 되어가고 있어?"

유구는 교호의 이름 대신 폴렌타를 입에 올렸다. "변함없이 잘 있어"라고 말해주고 싶었으나 폴렌타는 이제 없다. 폴렌타에는 교호도 없고 유구도 없고 다른 친구들도 없고 나도 없다. 눈앞에 없는 건 죽은 것이다. 그리고 교호는 정말로 죽었다.

"폴렌타는 이제 미용실이 됐어."

새로운 간판도 생겼고 인테리어도 바뀌었다.

"그렇구나. 아쉽다."

하지만 교호가 없는 폴렌타는 어차피 의미가 없었다.

"그곳에서 교호는 최고였지."

정말 그랬다. 최고라는 건 누군가의 생에 잠깐 나오는
선물 같은 장면이다. 들뜨거나 교만하지 않고, 가라앉거나
슬프지 않은 완전한 상태.

"나는 교호를 돕고 싶었어."

해는 이제 정점을 찍었고 우리는 끝없이 더웠다. 영원
히 속죄의 한복판에 있어야 한다면 그것이 지옥 아닐까. 나
는 숨을 들이마시고 손 부채질을 해보았다. 다리는 크게 아
프지 않았지만 바지 속으로 닿는 끈적거리는 살의 느낌이
싫었다.

"교호를 뒤에서 안고 있으면 때로 소리 없이 흐느끼곤
했어. 내가 볼 수 없는 얼굴이 울고 있는 게 가슴이 아팠지
만 늘 모르는 척했지. 나는 교호의 비밀을 지켜주고 싶었지
만 내가 지켜야 했던 건 교호의 비밀이 아니라 교호였어."

폴렌타 2층에는 교호가 머무는 생활공간이 있었다. 밤
이 늦거나, 밤이 늦지 않아도 현실로 돌아가고 싶지 않은

우리 중 누군가는 그곳에 좀 더 오래 남아 있기도 했다.

다른 도시에 살던 교호가 이곳으로 온 이유는 정확히 알 수 없었다. 오래된 건물을 활용해 상업 공간으로 만들면 시에서 보조금이 나온다는 말도 있었고, 사실은 엄청난 부잣집 아들이라는 말도 있었다. 하지만 교호는 태어날 때부터 폴렌타에 있었던 것 같았다.

그리고 나는 딱 두 번 교호와 잤다.

언제나처럼 미적거리며 마지막 시간까지 있던 내게 교호가 2층에 올라가 보겠느냐고 물었다. 나는 머뭇거리다가 따라 올라갔다. 초록색 양탄자가 깔린 나무 바닥은 반질반질했다. 커다란 스피커와 화초, 그리고 수족관이 있었다.

"아, 아쿠아리움 같아. 무, 물고기가 있어!"

푸른 물 사이를 헤엄치고 다니는 작은 형형색색의 물고기를 바라봤다. 나는 커다란 아쿠아리움에 딱 한 번 가봤다. 학교에서 다 같이 갔다가 끝까지 나가지 않고 그 안에 머물러서 혼난 적이 있었다.

"그 안에 작은 마을이 있어. 그곳에도 사람들이 살지."

정말로 수족관 안에는 작은 사람들이 들어 있었다. 물고기와 함께 살아가는 레고 인간들. 수족관 마을과 사람들. 나는 교호가 만든 다른 세계가 아름답다고 생각했다.

교호는 살아온 인생에 관해 물었고, 나는 여전히 더듬거리면서도 엄마의 죽음이라던가, 누나의 가출, 학교를 자퇴해서 사실은 중졸이라는 것들을 이야기했다. 묻지도 않았는데 검정고시를 볼 거라는 말도 했다. 교호만이 가진 이상한 무심함과 여유가 나를 무장해제시켰다.

"그럼 틱 때문에, 그 말더듬증 때문에 학교를 그만둔 거야? 아이들이 놀려서?"

그런 건 아니다. 실제 이유는 다른 데 있다. 내가 살던 컨테이너는 운 나쁘게도 학교 가는 버스 정류장 바로 앞에 있었다. 그러므로 운이 더 나쁘면 컨테이너에서 나오는 초라한 모습을 버스를 타고 있는 다른 친구들에게 들킬 수 있었다. 그래서 항상 새벽에 나가 한 정거장 앞을 걸어가서 버스를 타곤 했는데, 비가 많이 내리던 어느 날 아침 그런 노력이 몹시 귀찮게 여겨졌다. 노력의 퓨즈가 펑 하고 터져버린 거다. 그래서 그날부로 미련 없이 학교를 그만두었다.

"그, 그런데 폴렌타가 무, 무슨 뜻이야?"

나는 그날 교호에게 폴렌타의 뜻과 늘 부르는 노래, 그리고 이것저것의 의미를 물은 것 같다.

"옥수숫가루로 만든 죽이야. 원래는 이탈리아 음식인데 지금은 다들 많이 먹지."

이 고장에 옥수수가 많이 나서 그렇게 지었다는 설명도 함께였다. 어렸을 때 엄마가 가끔 주던 물풀 같은 수프를 떠올렸다.

"이탈리아에서는 때때로 옥수수 자루에 숨어 있던 아이가 함께 수프로 끓여지기도 했대. 무섭지? 옥수수죽이 되는 아이."

교호는 이렇게 말하며 내 뺨을 만졌고, 나는 교호의 목덜미에 이마를 댔다. 우리는 자연스러웠다. 그전에 만난 형들과는 달랐다. 그 형들은 나를 무턱대고 끌고 가거나 엎드리게 했다. 나는 울지 않았고 좋아하는 척하기도 했지만 사실은 수치스러웠다. 몸이 없는 편이 나은 것은 어쩌면 교호가 아니라 나인 것 같았다.

교호와 나의 시작은 '함부로'였지만 교호는 다른 남자들처럼 나를 함부로 대하지 않고 존중해주었는데 그런 건 내가 아무리 바보라도 알 수 있는 것이다. 그게 우리의 처음이었다. 또 그렇게 냄새가 좋은 시트는 내 생에 처음이었다. 가본 적은 없지만 꼭 5성급 호텔 같았다. 남루한 일상이 없는 교호의 공간. 드라마 세트장 같은 그곳에서 교호는 정말 드라마 주인공처럼 살다가 꼭 그렇게 죽었다.

The Way We Perish Together

우리가 함께 소멸하는 방식.

교호의 커다랗고 좋은 스피커에서는 늘 음악이 흘렀다. 그렇게 모르는 나라의 음식과 모르는 나라의 노래는 내 삶을 윤색시켜주었다. 그리고 교호와 있을 때, 처음으로 나는 옷장 안에서와 같은 안락함을 느꼈다. 엄마와 나만의 비밀 장소였던 옷장. 물론 엄마도 교호처럼 나를 버렸다. 하지만 옷장은 아직 내 곁에 있다. 나의 무덤 같은 안식처인 것이다.

"어, 엄마는 옥수수밭 근처 무덤에 있어."

그렇다면 그 근방 옥수수에서는 엄마 맛이 날까. 엄마가 죽어버렸다고 나를 버렸다고 생각해서는 안 된다는 걸 안다. 엄마도 엄마 자신의 삶과 죽음을 선택할 권리가 있다. 누나가 집을 나가버린 일도 같은 이치다. 그렇지만 외로울 때는 옷장에 들어간다. 그리고 그들이 같이 있었을 때만을 기억한다.

교호를 만나고부터는 사는 게 덜 무서웠다. 어쩌면 나의 어둠이 교호를 채워서 그곳으로 이끌었을지도 모른다. 교호는 사방에서 어둠을 모으고 있었다.

*

　무덤이 둥글다는 건 참으로 다행이었다. 우리는 끝없이 걸을 수 있었다. 우리는 바람 한 점 없는 더위 속에서 옥수수 수프처럼 익어갔다.

　"자, 이거."

　유구가 사탕을 내밀었다. 그걸 입안에서 굴리며 유구가 오래 일했던 미국의 홉 공장을 생각했다. 지금 유구가 사는 도시에도 공장이 있을까. 유구는 혼자 산다. 보살펴줄 사람이 없는 한편 보살펴야 할 사람도 없다. 나도 사실은 혼자지만 가족의 그림자 속에서 살아간다. 내 집은 무덤과도 같다. 흔적의 무덤.

　"물도 마실래?"

　생수병을 내미는 유구의 얼굴은 땀으로 번들거렸다. 우리는 잠시 서서 물을 나눠 마셨다. 물을 마시며 유구는 뜬금없이 멕시코 얘기를 꺼냈다. 그곳에선 이런 더위쯤 아무것도 아니라며 외출할 땐 1.5리터짜리 큰 생수병을 들고 다녀야 한다고 했다. 그렇게 수분을 보충해주지 않으면 탈수가 일어나 쓰러지기 일쑤라고 했다.

　나는 문득 유구가 나고 자란 곳이 멕시코였나 헷갈렸

다. 무엇보다 말할 때 "멕시코에서 살 때"라고 했는지 "멕시코에서는"이라고 했는지 헷갈렸다.

"메, 멕시코도 가봤어? 캐, 캘리포니아에 살았잖아. 나, 실은, 아, 알고 있어. 수, 수기를 봤어. 애, 앨리스."

유구의 선글라스엔 여전히 내가 동그랗게 들어 있었다.

"그거 거짓말이야."

나는 잠시 멍해졌다. 말도 안 돼.

"넌 그런 걸 왜 봐? 아저씨야? 그럼 쭉 그게 정말인 줄 알고 있었어? 그걸 믿는 사람은 아무도 없어."

"아니야. 내가 내, 내가 믿는걸."

"내가, 나는 아마추어 작가라고 했잖아. 나는 슬로건 공모나 주민 백일장, 사찰이나 마을 홍보 스토리 같은 걸 써. 상금은 별로지만 출판사에서 하는 서평 이벤트에 참여하기도 하고. 국가기관에서 주최하는 건 상금이 꽤 돼. 삼행시나 홍보 문구 뭐든 다 써. 그것도 그중의 하나일 뿐이야."

심장이 빠르게 뛰었다.

"거, 거짓말. 거짓말하지 마. 서, 선글라스 벗어봐. 눈이 안 보이니까 거짓말하는 거잖아. 나는 다 알아."

유구는 내 말에 선글라스를 벗었다.

"그런데 프로 작가는 아니야. 프로 작가가 되면 저런

데 참여를 못 하거든. 밥벌이를 잃고 싶지 않아서 일부러 아마추어로만 활동해. 아마추어 작가는 그런 걸 지어내는 사람이야. 물론 그건 수기였고 그 부분은 조금 찔리지만, 어차피 세상의 모든 글은 거짓말인걸. 난 실제로 입양되었다가 파양된 적이 있긴 해."

나는 울고 싶어졌다. 유구가 세상을, 혹은 나를 속였다는 것 때문이 아니라 그 이야기가 사실이 아니라는 것 때문이었다. 믿고 싶지 않았다. 속이 울렁거렸다. 금방이라도 토할 것 같았다.

"아, 아이 씨……."

가슴이 두근거리고 욕이 튀어나왔다. 한쪽 어깨가 들썩거렸다. 딸꾹질 같은 게 튀어나왔는데 내가 이러면 사람들은 슬금슬금 피했다. 유구는 짜증은 냈지만 피한 적은 없었다.

"그럼, 끅, 마, 망고는?"

나는 터져 나오는 눈물을 참아내며 애원하듯 물었다. 매미에게는 이름이 없지만 물개에게는 이름이 있었다. 유구는 캘리포니아 해변에서 물개 망고를 돌봐줬다고 했다. 다른 물개와 달리 망고는 유구를 잘 따랐고, 망고가 물에서 나와 몸을 말릴 때면 햇빛에 흩어지는 작은 물방울 입자들

사이사이로 무지개가 뜬다고 했다. 그 무지개를 보면 시름이 잊혀서 '망고'라고 부른다고 했다. '잊을 망, 괴로울 고' 망고. 노란색이라 망고가 아니야. 맛있어서 망고가 아니야.

유구는 뒤돌아서 걷기 시작했다.

"어, 어떤 건 거짓말이지만, 어, 어떤 건 진짜지?"

숨이 가빠서 더는 질문할 수가 없었다. 목울대가 뻣뻣하게 아파왔다. 유구는 나를 달래주거나 시원한 데 데려가지도 않고 그저 걸었다. 햄튼도 망고도 캘리포니아 해변도 클램차우더 수프도 다 가짜라는 사실을 믿을 수가 없었다.

"나는, 그런 것보다 그 무엇보다 교호가 거짓말이면 좋겠어."

유구 입에서 교호라는 이름이 나왔다. 딸꾹질이 멈췄다.

"교호는 진짜야. 교, 교호는 정말로 살았고, 우리와 함께 있었고, 폴렌타에 있었어. 그리고 죽었어. 그건 다 있었던 일이야. 나는 교호가 거짓말이라면 싫어."

나는 말을 쏟아냈다. 진심이었다. 내 생에 유일하게 빛났던 우리의 시간, 그게 없어지는 건 너무 슬프다.

"마른 벼락이네."

구름도 흐린 낌새도 전혀 보이지 않았는데 천둥이 치자 유구가 말했다. 이런 게 마른 벼락이구나. 유구는 교포인데 한국어를 나보다 많이 알았다. 아닌가. 혹시 교포라는 것도 거짓말일까. 설마. 유구가 얼마나 교포 같은데. 그런데 교포 같은 게 뭐지. 안 그래도 복잡한 머릿속이 천둥소리와 매미 울음소리로 꽉 차 지끈거렸다.

우리는 남의 무덤을 끝없이 걸으며 끊길 듯 끊기지 않 게 교호에 관해 이야기했다. 이런 것이 애도일까. 속죄는 유 구의 것이었고, 나는 더는 떠난 사람들을 떠올리고 싶지 않 았다. 그것이 교호든 톨룬드 맨이든 매미든 간에.

한편으로 유구가 앨리스가 아닌 것이 다행이라는 생각 이 들었다. 앨리스에게 양아버지 햄튼이 존재하지 않는다 면, 그날의 파티도 총기 사건도 그리고 총에 맞아 죽은 것 도 다 거짓말일 테니까 내가 아는 죽음이 하나 줄어든 것이 다. 그건 좋은 일이다.

"저기로 올라가자."

유구가 무덤 꼭대기를 가리켰다. 나는 언덕과 언덕 너 머의 햇살을 실눈을 뜨고 바라봤다. 눈이 부셨다. 우리는 어 지럽고 투명했다. 갑자기 무덤 꼭대기로 발걸음을 돌린 유 구를 따라 걸으며 나는 유구가 나고 자랐다고 수기에 썼던 샌프란시스코의 햇살을 떠올렸다. 햇살 아래 몸을 말리던 망고도 그리웠다. 유구는 그것들이 거짓이라고 했지만 나는 망고의 존재만은 잊을 수가 없었다. 유구의 많은 것이 아직도 캘리포니아에 있을 것만 같다.

앞서가는 유구의 귀밑으로 땀이 한 방울 흘렀고, 그걸 바라보다 내 귀밑을 훔쳤다.

무덤 꼭대기는 여전히 바람 한 점 없었다. 유구와 나는 돗자리를 깔고 앉았다. 해와 더 가까워졌지만 모든 걸 약간은 내려다보니 눈앞이 시원했다.

"나, 나는, 유구가, 네가, 반성했으면 좋겠어. 샌프란시스코에 대해서. 그 거, 거짓말에 대해서."

유구는 주머니에서 홉을 꺼내 입에 넣었다. 햄튼이 죽은 후 맥주 공장에서 오래 일했다고 했는데, 마리화나와 홉의 향이 비슷하다고도 했는데 그러면 그것도 거짓말일까. 또 딸꾹질이 시작됐다. 나는 딸꾹질을 멈추고 싶어 나의 뺨을 때렸다. 눈에 불꽃이 튀면서 눈물이 터졌다. 뺨을 자꾸 때리면 처음에는 아프지만 점차 기분이 좋아졌다. 그 손을 유구가 잡았다.

"마, 말리지 마. 말리지 마."

하지만 유구는 내 위에 올라타다시피 해서 양손을 꽉 붙들었다.

"알았어. 미안해. 사과할게. 하지만 그건 내 직업이야.

아마추어건 프로건 작가는 거짓말을 쓴다고."

"나는 이제 아무것도 하기 싫어. 속죄는 너 혼자 해."

나는 이렇게 말하고 주저앉았다.

"유, 유구는 더 오래오래 속죄해야 해."

남은 건 우리 둘인데 거짓말을 하는 건 유구니까 나보다 유구가 속죄를 많이 해야 한다. 두 배로 해야 한다. 내가 한 바퀴를 돌 때 유구는 두 바퀴를 돌아야 한다. 이런 말을 해주고 싶었지만 잠이 쏟아졌다. 몸이 노곤했다.

"그러면 교호는 언제부터 알았어?"

유구에게 처음부터 묻고 싶었다. 나는 모르는 그들의 처음.

"어렸을 때 교호의 집으로 입양됐었어."

나는 놀라서 유구에게 되물었다.

"그럼 교호가 미국인이야? 끄윽."

딸꾹질은 멈추지 않았다. 유구는 한숨을 쉬었다.

"말하지 않은 내 잘못이지만 너 바보 맞는 거 같아. 교호를 몰라?"

그렇지. 교호는 한국 사람이었지. 바보라는 말에 화가 났지만 다시 울거나 발작할 힘이 없었다. 그저 딸꾹질이 멈추기를 바랐다. 하지만 바보라니 누가 바보인데. 사랑에 대해서도 잘 모르고, 거짓말이나 하는 주제에.

"교호의 집에 처음 간 건 열세 살 때였어. 그렇게 나이 많은 여자애를 데려가는 경우는 없었어. 아주 늦은 입양이었고 그래서 나는 정말 잘하고 싶었어. 그전에 나는 한……열 번쯤 거절당했던 것 같아. 같이 있는 친구들이 하나둘씩 나갈 때마다 인형을 안고 울면서 잤어. 왜 나는 선택받지 못할까."

그래서 유구가 사랑을 모르는구나. 불쌍한 유구. 물론 나도 사랑을 잘 모른다. 하지만 나는 누가 데려가기를 기다려본 적은 없다. 모든 게 처음부터 정해져 있었으므로.

유구는 자신보다 세 살 많은 교호를 오빠라고 부른 적은 없었다고 했다.

"마당이 넓은 이층집이었고, 다정한 느낌의 가족들이 있었어. 그 집에 처음 갔을 때가 태어나서 제일 행복한 순간이었어. 내 방도 있었고 서랍 안에는 차곡차곡 개어진 옷들이 가득해서 꿈같았어. 보육원에서 동화책《소공녀》를 많이 읽었는데 거기 나오는 세라가 된 기분이었어. 떠났던 아버지가 부자가 되어서 나를 찾으러 돌아온 거야. 나는 다 큰 채로 집에 갔으니까 누구도 안아서 재워주거나 하지는 않았지만 충분했어. 다만 처음 잘 때는 좀 무서웠어. 방은 고요하고 깨끗하고 모든 게 완벽했지만, 보육원에서는 다른 애들의 숨소리를 들으면서 자곤 했거든. 그런데 아무 소리도 들리지 않으니까 세상에 나 혼자 있는 기분이 들더라고. 그런데 교호가 들어와서 내가 잘 때까지 있다가 가곤 했어. 그때부터 교호는 다정했지."

모든 게 거짓말은 아니라고 덧붙였다.

"교호의 아버지, 즉 내 양아버지는 조명 디자이너였고 정말로 뒤뜰도 있었어."

그럼 그의 이름은 햄튼인가. 죽었나. 머릿속이 복잡해졌다.

"말했듯이 처음엔 모든 게 좋았어. 나는 사랑받으려고 노력했으니까."

사랑이 노력으로 되는 걸까. 노력하지 않고 만나서 노력하지 않고 헤어지는 게 내가 아는 사랑이다.

"큰오빠는 기억이 잘 나지 않아. 나이 차가 많았고 공부하느라 바빴으니까. 그 집에서 나빴던 기억 중 하나는 손님이 오거나 하면 나는 부엌에 딸린 작은방에 갇혀야 했던 거야. 그냥 그 집엔 아이 둘만 있는 것으로 알리고 싶었던 것 같아. 그 방에서 숨죽이고 있으면 교호가 사람들이 갔다고 문을 열어주곤 했지. 그러면 또 아무 일도 없는 것처럼 일상으로 돌아갔어."

기가 죽은 여자애를 상상해 보았다. 유구와 어울리지 않았다.

"양아버지 작업실에는 내 몸보다도 큰 수족관이 있었어. 교호와 나는 그 수족관을 한참 바라보곤 했어. 형형색색의 아름다운 물고기들이 헤엄치는 걸 보다 보면 정말이지 숨이 막혔어."

교호의 어린 시절과 수족관이라니. 나야말로 숨이 턱 막혔다.

"돌이켜보면 교호와 나는 서로 단박에 끌렸어. 사랑이 아니라 인간의 증명 같은 거야. 나는 교호가 너처럼 여자를 좋아하지 않는다는 걸 알았어. 그리고 그게 매력적이었지. 난 그 집에 1년쯤 머물렀어. 결국은 파양이 된 거야. 시작은 수족관이었어. 어느 날 우리 둘은 수족관을 조용히 노려보고 있었는데 믿기 어려운 일이 벌어졌어. 지진이 나는 듯 수족관이 부들부들 떨리더니 펑, 하고 터진 거야. 무슨 말인지 알아들어? 작업실은 엉망이 됐고 우리는 무서웠지. 아무 잘못도 하지 않았지만 꼭 우리가 벌인 일 같았어."

나는 교호의 방에 있던 커다란 수족관이 터지는 상상을 했다. 수족관이 깨진다. 수족관의 크고 작은 물고기들이 튀어나와 펄떡거린다. 수조 안에 있는 작은 레고 인간이 흩어진다. 유리는 사방으로 튀고 그 유리가 피부에 박히면 피가 나겠지. 교호와 유구는 피를 흘렸겠지.

그리고 며칠 후에는 그 집의 큰 개가 작은 개를 물어 죽였다. 어느 날은 햄튼, 아니 양아버지가 아끼던 괘종시계가 멈췄고, 자꾸만 그릇이 깨졌다. 그러다가 가장 큰일이 벌어졌다.

"아까 말한 교호 형 말이야. 어느 날 갑자기 말을 못 하게 됐어. 처음에는 성대결절 같은 거라고 했는데 온갖 치료를 받아도 말하지 못했어. 병원도 수차례 다니고 나중에는 굿도 했어."

전화를 받지 않던 교호의 형이 떠올랐다. 매끄럽게 친절하던 문자도.

"내가 파양된 건 이 수많은 불운 때문이야."

인과관계를 찾기 어려웠지만 또 바보라는 소리를 들을까 봐 묻지 못했다.

"나는 왔던 곳으로 돌아가야 했어. 그런데 돌아간 보육원이나 떠나온 그 집이나 아무 일도 없던 것처럼 똑같이 돌아간다는 게 너무 비참했지. 매미처럼, 뒤집혔다 엎어졌다 한 거야. 나로서는 죽을 만큼의 힘을 써야만 했는데 그들에게는 아무것도 아닌 일이었어."

바둥거리던 매미가 생각났다. 그걸 밟은 미라도. 아무도 나쁘지 않았지만 매미는 죽었다. 물론 매미는 곧 죽을 거였다.

"나는 그들의 숨어 있는 작은 악을 내가 건드렸다고 생각해. 파양은 사실 나쁜 거야. 나는 개나 고양이가 아니야. 물론 개나 고양이도 파양하면 안 된다고 생각하지만, 나는 매미가 아니야. 하지만 내가 그 집의 어떤 것을 건드린 건 맞아."

불행의 그림자들은 좋은 사람들의 희망적 사랑을 소멸시켰다. 그리고 조용히 유구는 본래의 자리로 돌아왔다. 성인이 되었을 때 교호가 유구를 찾아왔고 많은 지원을 해주었다. 성인이 된 교호는 얼굴이 많이 달라져서 못 알아볼 뻔했다고 했다.

"그사이 어떤 일이 있었는지 모르지만, 교호는 아주 어두워져 있었어. 어쩌면 수족관을 깬 건 교호였을지도 몰라. 내가 그 집에 입양된 이유가 내가 더 어여쁜 여자로 성장해가며 교호에게 사랑을 불러일으키는 역할이었다면 그리고 그 진의를 교호가 알았다면 충분히 그럴 수 있었을 테니까."

숨겨진 커다란 이야기를 듣다 보니 이번에야말로 바보

가 된 기분이었다. 그리고 어쩌면 교호의 어둠을 채운 건 내가 아닐 수도 있다는 생각을 했다.

"나는 사람에게 숨어 있는 악을 꺼내는 재능이 있다고 생각해. 그러니까 태어나자마자 버림받았겠지. 내가 태어나는 순간 부모의 악이 나온 거야. '쟤를 버리자. 원래 우리는 그런 사람이 아니지만 그렇게 하자.' 하고 말야. 그래서 나는 정말 교호를 사랑하고 싶었어. 교호도 그랬을 거야. 하지만 그건 불가능하잖아. 너도 알다시피."

유구의 말을 잘 이해할 수가 없었지만 나는 고개를 끄덕였다.

"교호와 네가 잤다는 걸 알고 있어. 교호가 너랑만 잔건 아니야. 교호에게는 무수히 많은 남자가 있었어."

어떻게 알았지 비밀인데. 다시 손과 발이 축축해졌다.

"극, 그건 딱 한, 아니 두 번이었어. 하지만 나는 게이가 아니야. 나는 남자랑 자긴 하지만, 그건 그냥 어쩌다 일어난 사고 같은 거야. 물론 교호랑은 좋았어. 그렇지만 내 인생에 아주 짧은 시간만 썼어. 그냥 어떤 사건 사고처럼 그런 일이 일어난 것뿐이야."

나도 모르게 말을 많이 해버렸다. 유구는 나를 올려다보며 이렇게 말했다.

"내 생각에는, 그냥 그게 게이야. 이거나 먹어."

교호가 마지막이라고 말하려던 찰나 유구가 내 입에 빵을 넣어버렸다. 나는 그런 유구에게 화가 났다. 빵을 우적우적 씹어 삼키니 목이 메어왔다.

"속죄가 끝나면 무엇을 할 거야?"

유구가 물었다.

속죄를 하자고 한 것도 왕릉을 걷자고 한 것도 유구였다. 내가 할 질문이었다. 나는 다시 폴렌타가 있었던 마을로 돌아가서 폴렌타를 끓일 것이다. 우리 마을에는 옥수수가 많으니까 할 수 있을 거고, 다시는 남자와 자지 않을 것이다. 돈을 차곡차곡 모으고 나이가 들면 좋은 여자를 만나결혼을 할 거다. 그냥 그랬으면 좋겠지만 가능할지는 모르겠다. 유구 같은 여자라면 좋겠다. 이런 생각을 할 때 유구가 말했다.

"나는 뉴질랜드에 가서 양치기가 될 거야."

눈앞에 보이는 새파란 하늘과 뚱뚱이 까치들과 능선이 꼭 뉴질랜드 같았다. 멀리 떠 있는 구름은 양 떼인가. 유구의 한마디는 순식간에 왕릉을 뉴질랜드로 옮겨놓았다.

"어째서 양치기야, 해본 적 있어?"

"당연히 없지. 그런데 뉴질랜드에서 정말 인기 직종이

래. 돈도 많이 번대. 사람보다는 동물이 좋아."

양치기가 인기 직종이라는 말을 들어본 일은 없다. 그 래도 나는 유구와 함께 양을 치는 상상을 해본다. 전에 카우보이 둘이 나오는 영화를 본 적이 있다. 폴렌타에서 교호와 함께. 영화를 다 이해하지는 못했는데, 교호는 조금 울었다. 교호가 우는 게 슬퍼서 나도 울 뻔했지만 그 이상은 아니었다.

"내가 좋아하는 시인은 북한에서 양치기로 살다가 죽었대. 나는 그래서 뉴질랜드에서 시를 쓰며 양을 칠 거야."

양치기와 시인은 조금 어울리지만 양치기가 된 유구는 잘 모르겠다. 유구와 시인도 어울리지 않는다. 내 생각에 시인은 거짓말을 할 것 같지 않다. 게다가 양은 사납다던데. 하지만 당장 할 일은 아니고 미래의 일이니까 미리 걱정할 필요는 없다.

"생각해 보니 꽃이 있어야 할 것 같아. 무덤이잖아."

유구가 그렇게 말하며 자리에서 일어났다.

"꽃을 구해올게. 너는 여기 있어."

그러더니 빠르게 무덤 아래로 내려갔다. 내려가는 유구는 꼭 막대사탕 같았다. 졸지에 나는 유구의 양산과 비닐봉지와 생수병과 함께 무덤 꼭대기에 남았다. 양산의 꽃무늬

가 햇살에 비쳐 만화경의 무늬처럼 뱅뱅 돌았다. 꽃무늬 양
산으로도 애도는 충분할 것 같았다.

쿠르릉 쾅쾅. 또 마른 벼락이 쳤다.

비를 동반하지 않는 벼락은 꼭 유구의 말들 같았다. 뭔
가 거칠고 시끄럽지만 돌아서면 말을 했다는 사실만 기억
에 남는다. 벼락과 상관없이 해가 조금 낮아졌고, 그렇게 뜨
거움이 가실 때 경비 아저씨가 나타나 소리를 쳤다. 생각보
다 느린 등장이었다.

"거기요! 내려와요. 당장."

나는 아저씨가 보이지 않는 반대편으로 내려왔다. 완전
히 내려가지 않아도 둥근 동산 너머로의 내가 보이지는 않
을 것이다.

무덤은 뜨끈했고, 점점 목이 말랐다. 주머니에 손을 넣
어보았지만 아무것도 없었다. 손가락으로 주머니 깊숙이
있던 먼지만 조금 모았다. 이것으로 무엇을 할 수 있을까.
침을 모아 삼키며 나는 유구를 기다렸다. 유구는 어떤 꽃을
사 올까. 과연 근처에 꽃집이 있을까? 유구라면, 내가 아는
유구라면 어디서든 꽃을 구해올 것이다. 어쩌면 내 머리에
꽃을 꽂아줄지도 모른다. 그러면 이번에는 하와이 교포의
수기를 쓰려나.

나는 무덤에 비스듬히 기대어 누웠다. 하늘이 이상했다. 지금껏 내가 알고 있던 하늘은 가짜였을까? 눈을 감고 무덤 속에 있는 상상을 했다. 그러자 아직 뜨거운 땅이 조금은 서늘하게 느껴졌다. 함께 묻힌 부장품들과 어쩌면 염소 뼈. 소년의 육신을 지켜준다던 물건들을 떠올렸다. 그러다 슬퍼졌다. 왕릉에 누워 있는 게 왕이 아니라 교호라면 좋을 것이다. 어쩌면 유구는 왕이나 매미가 아니라 교호를 애도하기 위한 꽃을 사러 갔을 것이다.

교호와 나는 우리가 함께한 시간에 대해서 한 번도 이야기를 나눈 적이 없다. 어쩌면 작은 사건이었을 테고 그들에 구태여 이름 붙이지 않았다. 나의 반은 외부에 또 반은 내부에 있기에, 그런 행동에 대해 쉽게 정의해버리면 어느 한쪽이 무너질 것 같아서였다. 나는 어쩌면 평생 그 누구와 함께할 수 없을지도 모른다. 그 누구의 등도 머리칼도 발가락도 아무것도 손댈 수 없을지도 모른다.

생각을 몰아내기 위해 애써 해변과 모래사장을 생각했다. 한 번도 가본 적 없지만 이미 익숙한 백사장을 떠올렸다. 모래를 파헤치는 상상을 했다. 망고의 등을 쓰다듬는 내 손을 상상했다. 유구가 나고 자랐다는, 이제는 거짓말이라는 걸 알지만, 그래도 현실 같은 그 캘리포니아의 해변을 생각했다. 샌프란시스코의 해변에는 물개가 많을 텐데 그러면 망고는 "망고야"라고 부르면 올까? 상상이 거짓말에 부딪혀 자꾸 끊겼다. 망고는 이름을 부르면 뭐라고 답할까. 끼룩끼룩. 꽥꽥. 물물. 그것만은 어디서도 보고 들은 적이 없어 상상할 수 없었다. 모든 상상을 멈췄다.

꽃을 사러 간 유구는 오래도록 돌아오지 않았다. 불안해진 나는 유구가 사 올 꽃을 상상했다. 해바라기, 국화, 장미, 안개꽃, 아니면 처음 보는 이름 모를 꽃.

봉분으로 붉은 해가 점점 내려왔고, 나는 이대로 잠들어서 다음 생으로 넘어가면 좋겠다고 생각했다.

"교호에 대해서 너는, 아무것도 모르는 건 아니지만 잘 모르는 건 확실해."

유구의 말이었다. 교호라는 이름에 유구를, 또 내 이름을 차례대로 넣어보았다.

그리고 타인의 악을 꺼내는 재능과 사랑에 대해 생각했다. 유구가 남긴 말들은 생각보다 무거웠다. 내게는 어떤 재능이 있을까. 그러자 눈에서 뭔가 뜨거운 것이 나왔다. 너무 뜨거워서 나는 그게 꼭 오줌처럼 느껴졌다. 한번 흐르기 시작한 눈물은 쉽게 멈추지 않았다. 하지만 소리가 터져 나오는 것만은 참았다. 그건 무덤에게 지는 것이다.

차라리 눈물이 오래오래 흘러서 무덤도, 길도, 풀도 다 잠겨버리길 소망했다. 그럼 우리의 몸은 다 녹아서 서로 섞이고 흩어져 하나도 모두도 아닌 것이 될 것이다. 그 물에 다 함께 녹아서 없어져버리게 되면 서로가 서로를 모르는 것도 영원히 오해하는 것도 다 용서가 될 것 같았다.

교호의 없는 몸과 유구의 거짓말과 나의 딸꾹질이 한데 모여서 옥수수 수프처럼 끓는 한낮의 여름. 매미 소리는 여전히 울창했고 나는 계속 오지 않는 누군가를 기다렸다. 곧 무덤 입구에는 '영업 마감'이라는 표지판이 세워지겠지만 돌아올 사람은 돌아올 것이다. 해를 잔뜩 머금은 꽃무늬 양산이 홀로 모두를 애도하고 있었다.

모두에게 다른 중력

뉴욕에서 돌아온 후 나는 바로 내 눈을 꺼내 작업을 시작했다. 처음에는 의안 모형을 만들어 클로즈업한 '아이, 아이, 아이즈(I, Eye, Eyes)'로 출발, 의안을 뺀 얼굴을 촬영하여 '구멍 난 얼굴 시리즈(self-portrait)'를 찍어나갔고, 대대적인 설치 작업 '보이지 않는 산(I Eye, Eyes Mountain)'도 연작으로 해나갔다. 가짜 눈알이라는 게 정면에서 바라보면 둥글고 귀여운 면이 있지만 입체적으로 보면 절대로 그렇지 않다.

　나는 어느덧 '언캐니' '비, 정상' 'AI' 등의 키워드로 언급되기 시작했다. 물론 여기까지 오는 데 시간은 꽤 걸렸다. 그렇지만 어차피 다른 할 일이 없었고, 하고 싶지도 않았다. 나는 종종 인터뷰에서 "쿠사마 야요이에 대한 오마주일 수도 있겠죠"라고 말하며 짧았던 '뉴욕 시절'에 대해 언급하기도 한다. 쿠사마 야요이의 도트 작업이 정신적 문제로 시작됐다면 나의 의안 작업은 신체적 문제가 그 발단이었다고 말이다.

*

안구 뒤에 있는 종양을 발견한 건 대학교 1학년 겨울방학이었다. 머리가 깨질 듯 아팠고 눈이 터질 듯 부풀어 올랐다. 종양을 제거하기 위해서는 당연히 안구를 적출해야 했다. 그전부터도 오른쪽 눈은 제구실을 하지 못했다. 시력은 거의 사라졌고 눈동자를 굴리기도 힘들 만큼 안압이 올라갔다. 나중에는 눈에 비치는 것이 현실인지 잔상인지 헷갈릴 정도였다. 결국 끔찍하게 고통스러운 수술 후 나는 진짜 같은 가짜 눈알을 갖게 됐다.

놀라움과 두려움으로 텅 비었던 자리를 꽉 찬 눈알이 대신했다. 의안의 무게 때문에 몸의 오른쪽 전체가 묵직해 휘청거리기도 했고, 길을 걷다가 가로수나 타인의 몸에 툭 부딪치기가 다반사였다. 눈꺼풀과 눈알 사이에 모래알이 서걱거리는 느낌은 기본이었다. 사진과 학생인 내게 눈의 소멸은 특별히 더 잔인했다. 꿈이 미리 무너져 내리는 것 같았다. 한쪽 눈으로 무엇을 볼 수 있을까. 잃어버린 균형 감각으로 무엇을 잡아낼 것인가. 암담했다. 수술 후 나는 모자를 눌러쓴 채 갤러리와 전시회를 배회했다. 잃고 나니 소중해서 그전에는 크게 없던 창작욕이 얼굴의 구멍으로 몰려들었다.

연년생인 동생은 괜스레 내게 미안해하며 졸업을 하고 아버지 회사의 경영 수업을 받더니 딱 때에 맞게 결혼 날짜를 잡았다. 상대는 아버지 친구의 아들이자 내 초등학교 동창이었다. 다분히 정략적이었지만 둘은 잘 어울렸다. 나는 점점 더 궤도를 이탈했고 동생은 점점 더 안전해졌다. 동생의 결혼식을 앞두고 나는 뉴욕행을 택했다. 수술 이후 단 하루도 집 밖에서 잔 적 없던 터라 부모님은 당황했지만 맨해튼에 혼자 살고 있는 사촌 언니를 걱정한 이모의 지지로 쉽게 허락이 떨어졌다.

나의 뉴욕행은 어쩌면 부모님과 나, 서로가 서로에게서 해방될 수 있는 기회였다. 수술한 지 오래 지났는데도 가족은 언제나 나를 안쓰럽게 바라봤고, 몸을 추스르라는 것 외에는 다른 말도 별로 없었다. 그때마다 나는 '무엇을 하기 위해 인생을 사는 거예요' '나 하나 보존하려고 사는 게 삶은 아니잖아요'라고 말하고 싶었지만 실은 내 보존만으로도 삶은 벅찼다.

　의안으로 무장한 내 얼굴은 감쪽같았지만 나는 이 집안 전체의 불운과 불행의 상징이었다. 결혼식장에서 구경거리가 되고 싶지 않았다. 식장에서 사람들이 나에 대해 뭐라고 할지 알 만했다. 먹고사는 데 걱정 없는 집안 딸내미라 그나마 다행이라고 하겠지. 그래도 비난을 해준다면 그것이 낫다고 생각했다. 동정은 마지막 감정이니까.

　한 번은 집 앞에서 1인 시위를 하던 아버지 회사 직원에게 외투를 내민 적이 있다. 너무 춥기도 했고, 내게 생긴 드라마틱한 상황에 그 장면이 겹쳐 특별한 감수성이 생겼던 것도 같다. 하지만 아직도 그때의 얄팍한 동정심으로 벌인 충동적인 행동이 부끄럽다.

　존 F. 케네디 공항에서 옐로우캡을 타고 행선지를 말했을 때 "왓?" 하며 못 알아듣는 척하는 기사를 보며 이국에 혼자 온 것을 실감했다. 맨해튼의 발음을 열 번쯤 고쳐 하자 그제야 기사는 씨익 웃으며 출발했다. 짐은 별로 없었다. (내 짐보다 이모가 부탁한 사촌 언니의 짐이 더 많았다.) 도착했을 때는 거의 밤이었다. 1층 로비에서 사촌을 호출했고 그녀는 한참 후에야 내려왔다. 하이. 그녀가 과도하게 포옹

했는데 술 냄새가 풍겼다. 파티 중이라고 했다. 살짝 불쾌했지만 숙소를 따로 잡지 않은 나를 탓하며 조용히 따라 올라갔다. 일주일만 신세를 지다 옮겨야겠다고 생각했다.

그날 맨해튼 990번지 606호에 들어갔을 때의 장면이 잊히지 않는다. 다양한 인종이 한집 안에 엉켜 있었는데 그 모습이 다 내 의안처럼 보였기 때문이다. 서로에게 꺼끌거리면서도 적당히 어울리는 가짜 눈의 모습 말이다. 짐도 풀지 못한 나를 사촌은 사람들에게 소개했고, 손님들은 한국에서가 아니라 근교 워싱턴쯤에서 온 룸메이트처럼 나를 바라봤다. 중간중간 누군가 "오! 코리안" 하며 한류 스타 몇몇을 언급하면 그제야 내가 한국에서 온 게 실감 났을 뿐이다.

손님은 한국인이 반, 미국계 한국인이 반의반, 그리고 국적을 짐작할 수 없는 사람들이 나머지였다. 게스트룸을 안내해주고 돌아서는 사촌의 쿨한 대응이 편했다. 하지만 게스트룸에도 사람이 있었다. 불이 꺼진 고요한 상태라 처음에는 몰랐지만 곧 인기척이 느껴졌다. 나는 불을 켜지 않은 채 잠시 기대어 있었고 곧 창밖으로 들어오는 희미한 불빛에 적응해 그의 얼굴을 볼 수 있었다. 그는 남의 방에 함부로 들어와 미안하다고 했는데 거실에서 마주친 영어들에 비해 너무 정확한 한국어라서 잠시 이곳이 뉴욕인가 싶기도 했다. 시끄러워 잠시 들어와 있었다고 말하는 그에게 괜찮다고 할 수밖에 없었다. 그러더니 대뜸 서울에서 왔냐며 옷차림만 봐도 티가 난다고 했다. 당황했다. 그런 말을 하면서도 그는 나가지 않고 1인용 소파에 엉거주춤 걸터앉았다.

"라스코 동굴이 폐쇄된 건 사람들이 내뿜는 입김 때문이었대요. 입김. 그 속에 얼마나 많은 미생물과 세균과 독소가 들어 있는지 그 거대한 석벽도 버텨낼 수 없었다죠."

그럴 거면 파티에는 왜 왔나 하는 짜증과 어서 짐을 풀고 싶은 마음이 올라올 때 마침 그의 전화벨이 울렸다. 그는 황급히 나가면서 잊지 않고 명함을 내밀었다. '뉴욕이즈싱어 준 리'라고 쓰여 있었다. 웃음이 났다. 가수가 명함이라니. 주소는 뉴욕 플러싱이었다.

다음 날부터 나는 '사촌 언니의 친구'라는 극한 직업에 시달려야 했다. 시차 적응을 해야 한다며 잠을 재우지 않고 끌고 다니는 바람에 몽롱한 상태로 뉴욕의 명소를 방문한 것이다. 덕분에 짧은 시간에 역대 대통령이 사랑한 햄버거 가게에서부터 브로드웨이 뮤지컬까지 빠르게 섭렵했다. 신신당부로 내 사진은 올라가지 않았지만 우리의 여정은 사촌의 SNS에 실시간으로 업로드됐다. 나는 뉴욕에 와 비로소 '인싸'가 된 기분이었다. 가족에게서 벗어나 맛보는 자유에 약간 흥분해 있기도 했다. 하지만 한편으론 병원에 갈 일이 생기면 어떻게 하나 하는 걱정이 끊이지 않았다.

집에는 사촌과 지내겠다고 했지만 신세를 지고 싶지 않았다. 며칠 안에 숙소를 알아보겠다고 하자 사촌은 서운한 기색을 내보였다. 결국 나는 얼마간의 숙박비를 주는 것으로 합의를 봤는데 비앤비든 호텔이든 장기 투숙을 하려면 안전성이 제일 문제였기 때문이다. 사촌은 우리 사이에 뭘, 이라며 이천 불을 받아 넣었다. 맨해튼에 한 달 머무는 비용으로는 저렴하다는 생각이었다. 그리고 사촌에게 준 리를 아느냐고 물어봤지만 글쎄 누구더라, 갸웃거렸다. 파티에 초대받은 사람의 친구일 수도 있고, 메일이 잘못 갔을 수도 있다며 뉴욕에서는 한국 사람을 특히 조심해야 한다고 말했다.

그렇게 일주일을 더 지냈을 때 사건이 발생했다. 사촌이 감쪽같이 사라진 것이다. 소호를 좀 돌다가 이제는 없어진 코닥 센터를 들렀다 집에 돌아왔을 때 606호 앞에 가지런히 놓인 내 짐을 발견했다. 의아해하며 벨을 누르자 처음 보는 중국계 부부가 나와 어깨를 들썩여 보였다. 도무지 가

늦되지 않았다. 문득 그날 사촌이 나갈 때 시큐리티 문제가 있다며 나의 키를 받아 챙긴 것과 며칠간의 상황들이 떠올랐다.

사촌은 경제관념이 좀 이상했는데 길거리 핫도그가 비싸다고 짜증을 내다가도 어디선가 손바닥만 한 앤틱 거울을 오백 불씩이나 주고 사 오기도 했다. 나를 미슐랭 스시 집에 데려가다가도 갑자기 전기나 수도를 낭비한다며 짜증을 내기도 했던 것들 말이다. 세금에 관해서 잔소리 듣는 게 싫어 관리비가 담긴 봉투를 내밀면 활짝 웃으며 "우리 사이에 뭘"이라고 말하던 것까지도.

전화는 당연히 되지 않았고 SNS 계정들도 닫혀 있었다. 처음 겪는 상황이지만 어딘지 익숙한 느낌마저 들었으므로 그 상황을 인정할 때까지 그리 오랜 시간이 걸리지 않았다. 클리셰 같은 사기 행각이었다. 나는 당장 수중의 현금과 카드를 살폈지만, 서울로 전화는 하지 않았다. 호들갑으로 엄마와 이모를 걱정시키고 싶지 않았다.

집 근처에 카페에서 이리저리 생각이란 걸 하다 보니 '뉴욕이즈' 명함이 떠올랐다. 과연 그가 나를 기억할까 싶으면서도 연락할 곳이 있다는 게 우선 안심이 됐다. 전화를 받은 준 리는 마침 그날 저녁 자신이 노래하는 타임이니 놀러 오라고 했다. 파티에 대한 보답을 하고 싶다고 꼭 오라고 당부했다. 다행이었다.

뉴욕 지하철의 악명에 걸맞게 7번 지하철은 몹시 더러웠고 창밖의 풍경도 남루했다. 심지어 내게는 트렁크도 있었다. 같은 칸에 탄 부랑자들 때문에 악취가 진동했지만 퇴근하는 사람들 사이에 끼어 쉽사리 벗어날 수 없었다. 타이어라도 두른 듯 두껍고 탄탄한 뱃살을 출렁대는 여자와 그보다 더욱 덩치가 큰 남자가 냄새의 주인공이었다. 그들은 너무나 뚱뚱해서 팔짱을 끼거나 어깨동무를 할 수 없었지만 누가 봐도 깊이 사랑하는 사이라는 걸 알 수 있었다. 남자는 누가 그녀를 건드리기라도 할까 봐 전전긍긍했다. 후에 나는 사랑이라는 말을 들으면 제일 먼저 그들을 떠올렸다. 스텔라와 맥, 혹은 제니퍼와 톰쯤 될 그 지하철의 커플.

'뉴욕이즈'는 생각보다 작은 펍이었다. 간판에는 '뉴욕에 산다고 다 뉴요커는 아니지……'라는 한글이 작게 쓰여 있었다. 상상했던 것과는 다른 규모와 스타일에 좀 난감해하며 문을 밀었다. 조명은 침침했고 벽에는 한글과 영어가 뒤섞인 낙서가 가득했다. 벽 한쪽의 선반에는 철 지난 가요 시디가 꽤 쌓여 있었고(한류 스타들이 아닌 옛날 가수들) 작은 스테이지도 있었다. 한쪽 테이블에 앉아 메뉴판을 보려는데 정말 그가 무대에서 노래를 시작했다. 처음 듣는 팝송이었고 생각보다 실력이 좋았다.

'뉴욕이즈'에서는 간단한 요깃거리와 술도 팔았다. 메뉴가 서울의 대학가 술집들과 다를 바 없었다. 앞으로 무엇을 어떻게 해야 하나 점점 난감했다. 그것과는 별개로 허기가 져서 토마토베이컨 구이와 주먹밥을 시켰다. 뉴욕이 아니라 서울 변두리에 온 기분이 들었다. 준 리는 몇 곡의 노래를 부른 후 내 자리로 왔다. 때마침 나온 베이컨 구이를 내밀었더니 채식주의자라며 거절하곤 옆에 있는 주먹밥을 먹기 시작했다.

"그런 채식주의자는 아니에요. 자랄 때 정육점에서 일을 오래 해서 고기를 못 먹게 됐어요."

'그런 채식주의자'라는 말이 와 닿았다. 뉴욕도 서울도 주의자들이 넘쳐났다.

"그런데 이 주먹밥, 감칠맛 나네요."

나는 감칠맛이라는 말을 다 아시네요, 하고 반문했고 그는 다시 높은 목소리로 자신은 이민자이며, 그래서 다른 교포 2세와 달리 고급 한국어를 구사한다고 자랑 아닌 자랑을 했다.

"매운맛이 맛이 아니라 통증이라는 걸 알았을 때 신기

했어요. 짠맛, 단맛, 신맛, 쓴맛 다음 다섯 번째 맛이 이 감칠맛이잖아요. 더 먹고 싶게 만드는 맛."

내가 아는 감칠맛은 음식을 먹은 후에 입에 남아 있는 '맛의 잔상'이다. 준 리는 그날 유독 말을 많이 했다. 인터넷 때문이겠지만 한국의 정치, 경제, 사회, 문화에 대해 모르는 것이 없었다. 그는 취해서 두서없이 떠들어댔는데, 나는 뉴욕에서(한복판은 아니지만) 한국어로 이런 심도 있는 대화를 나누는 게 신기했다. 물론 대화 내용은 딱히 기억나지 않는다. 돌이켜보면 그는 한국말을 맘껏 할 수 있던 순간을 즐겼던 것 같다. 그 덕에 그날 밤 그가 여러 번의 휴학 끝에 시립대 경영학과를 졸업했고, 회계 법인에 들어가기 위해 취업 준비 중이라는 것을 알게 됐다.

한편으로 그는 아는 것에 관해서는 밤새도록도 떠들었지만 모르는 화제에는 한마디도 얹지 않았다. 지식의 편차라는 게 좀 심해서 한국 영화나 현대음악에 대해서는 백과사전처럼 읊었지만, 데미안 허스트나 에드워드 호퍼를 보러 가자고 하면 그게 누구냐는 표정을 짓는 식이었다.

점점 밤이 깊어갔고 나는 별수 없이 사라진 사촌의 얘기를 했다. 안락한 은신처를 찾고 싶어서 한 말인데 그는 대뜸 "혹시 약을 하는 게 아닐까요?" 하고 물어왔다. 집안 사람한테도 사기를 칠 정도면 약밖에 없다고 했다. 묘하게 신빙성이 있었지만 기분이 별로였다. 그 와중에 "혼자 뉴욕에 사는 한국 여자들 뻔하지 않아요? 저는 한국 여자 안 만나요"라는 말을 해 내 귀를 의심하게 했지만 둘 다 조금은 취해서 깊이 생각하지 않았다. 밤이 깊었고 나는 숙소를 구해야 했다.

*

나는 정말 어처구니없게도 한국 남자 준 리의 도움을 받아 '뉴욕이즈'에 취업했다. 취중에 내린 결정이었다. 아마 그날 대략 "그럼 돈이 없을 테니 이곳에서 일하며 사촌을 찾을 때까지 좀 기다려라, 맨해튼 시내는 너무 비싸다"로 시작된 제안이었을 것이다. 그때까지 살면서 이런 식의 배려를 받아본 일이 없기도 했다. 한국에서는 누구든 내 지갑이 비는 것을 걱정해주지 않았다. 그러니까 그날 밤 나는 '먹고사는 일을 해결해야 한다'는 그의 걱정에 신나게 응수한 것이다. 그는 전형적으로 물고기를 주기보다는 물고기 잡는 법을 알려주는 쪽이었다. (무엇보다 그는 그런 자신에게 감동하는 것 같았다.)

곧바로 나는 플러싱의 작은 원룸으로 이사했다. 이런 식의 일자리는 처음이었다. 한국인이라서 가능한 주방 보조 자리였다. 나는 의욕이 넘쳤다. 가게 문을 일찍 열자고 제안했으며 근처 교회에 새벽 기도를 하러 오는 사람들을 위한 메뉴도 전략적으로 만들었다. 뉴욕이즈의 주인도 흡족해했다. 다만 오십 대의 한인 사장은 인생 얘기를 하는 데 나를 더 많이 쓰고 싶어 했다.

적응이란 무서워서 나는 사촌 언니도 잊고 그곳에서 혼신의 힘을 다했다. 그도 그럴 것이 아무리 한쪽 눈알이 빠졌어도 내게는 작가의 에너지라는 게 있었는데, 집에서는 그 모든 것을 억압당했기 때문이다. 그것이 의외의 곳에서 폭발한 셈이다. 또한 이국의 생활이 즐거웠던 것도 무시할 수 없다. 오른쪽 눈의 압박이 있긴 했지만 타국에 상주하는 외국인의 삶에는 설명하기 어려운 '맛'이 있었다. 그곳에는 내 얼굴을 뚫어지게 보는 사람도 결혼 여부나 부모님의 직업을 묻는 사람도 없었다. 준 리 역시 나를 빤히 바라본 적이 없어 편안했다. 돌이켜보면 내게 관심이 없어서였는지도 모르겠다. 그럴 만도 한 게 그는 당시 하루가 멀다 하고 회사 면접을 다녔고, 저녁이면 '뉴욕이즈'에서 노래를 했기 때문이다.

그곳에서 만난 한인들은 신기하게도 대체로 한국 이름을 사용했다. 에릭, 마이클, 존은 없고 정민, 정수, 준영 등이 있었다. 친구들을 통해 준 리의 풀네임이 이기준이라는 것도 알게 되었다. 다들 영어도 한국어도 고만고만했다. 그들은 태권도장이나 한국 식료품점에서 아르바이트를 했는데 실은 거의 백수에 가까웠다. 무대에서 내려오면 그는 중국인들이 한인 사회를 침범하고 있다거나 다 같이 힘을 모아 불법 체류자 구원에 대한 탄원서를 내야 한다고 목소리를 높였고, 한류도 곧 중국이 앞지를 거라며 끝없는 애국을 설파했다. 나와 친구들은 말없이 접시만 비웠다.

한 번은 그가 필름 포럼에서 열리는 한국 영화 회고전에 가자고 해 따라나섰다. 나야말로 뉴욕에서 한국 영화 회고전을 보고 싶지는 않았지만 그는 그날 양복을 입고 날 선 얼굴을 하고 있었으므로 잠자코 따라나섰다.

"여유 있어서 좋겠어요. 여기서 그렇게 걷다간 하루도 못 살아남아요."

내 걸음 속도를 두고 그가 타박을 해왔다. 내가 느린 건 한국인이어서가 아니라 눈의 문제 때문이라고, 그리고 광화문이나 테헤란로에 가보라고 다들 뉴욕보다 훨씬 빨리 걷는다고 대꾸하고 싶었지만 그러지 못했다.

착오가 있었는지 안개가 자욱한 거리를 뚫고 간 극장에
는 터키 영화가 걸려 있었다. 그는 실망한 티가 역력했지만
돌아가자고 하지는 않았다. 우리는 극장에 나란히 앉아 스
크린을 바라봤다. 영화 속의 남녀 주인공은 러닝타임 내내
싸우다가 트럭의 짐칸에 올라 떠났고, 그 순간 비가 내리며
엔딩 크레디트가 올라갔다. 터키어에 영어 자막이라 내용
을 온전히 이해하기는 힘들었다.

그와 친구들은 여전히 일과가 끝나면 그곳에 모여서 한
국의 정치와 경제를 개탄했고 나도 종종 동참했다. 그는 지
원한 몇몇 회사의 연락을 기다리는 상황이었다. 그렇게 나
는 '뉴욕이즈'에서 그가 부르는 노래를 듣고, 약간의 술을
마셨으며, 주방에서 안주를 만들어냈다. 한 번은 그가 자작
곡을 들려주기도 했다. 가사는 그의 말투와 마찬가지로 약
간의 번역투였다.

구름 뒤에 무엇이 있는지 아무로 몰라요. 태양이 없다
해도 할 수 없어요. 구름 뒤에 또 구름이 있다 해도 우리가
할 수 있는 건 없죠.

가사는 조금 유치했지만 단조의 음이 매력적이었고, 무
엇보다 나를 위한 노래라는 생각에 상기됐다. 그 무렵 나는
그를 보며 혼자 공상에 잠겼다. 그가 한국에 살았다면 어떤

모습일까, 혹은 나중에라도 아버지 회사에 입사하면 어떨까와 같은 상대를 배려하지 않은 헛된 생각들이었다.

그가 어느 날 찾아와 함께 갈 곳이 있다며 짐을 챙기라고 했다.

"가게에는 말해두었으니 이틀만 시간 내줘요."

나는 그의 권유로 어깨가 훤히 드러나는 검은 미니 드레스를 입었다. 다행히 숄을 두를 수는 있었다. 그는 시동을 걸며 좀 멀리 갈 거라고, 중요한 약속이 생겼다고 했다. 나는 왜 따라가고 있는지 알 수 없다는 생각을 하는 한편, 이 여행으로 '그런 사이'가 될 수도 있겠다는 기대감이 있었다. 물론 그 와중에 오래된 차로 떠나는 미국식 드라이브에 매혹된 면도 무시할 수 없었다.

드라이브는 길고 지루했다. 미국식 여행이 이런 거라니. 나는 서울에 두고 온 많은 것들이 처음으로 그리웠다. 낡은 차와 취향에 맞지 않는 음악, 황량한 풍경과 더불어 전혀 낭만적이지 않은 그의 태도도 한몫했다. 그렇게 조수석에서 눈을 부릅뜨고 버텼지만 어느새 잠이 들었고 희뿌옇게 날이 밝을 때쯤 깨어났다. 운전에 지친 그는 잠시 눈을 붙여야겠다고 했다. 뒷좌석을 보니 큰 배낭과 폴라로이드 카메라가 있었고, 배낭 밑에는 책이 몇 권 깔려 있었다. 낡은 한국 만화책과 잡지가 눈에 띄었다. 폴라로이드에 팔을 뻗고 있는데 그가 눈을 감은 채 말했다.

"자유의 여신상. 거기서 사진 찍어주는 아르바이트를 3년 정도 했어요. 폴라로이드 하나 장만해서 꽤 많이 벌었죠. 단속을 피하느라 페리에서 일행인 척하면서 사진을 찍어주거나, 여신상 꼭대기로 가는 표를 스무 장, 서른 장 사둔 후 되팔기도 했죠. 중국 애들에게 끌려가 맞기도 많이 맞았어요. 상납하며 자리를 잡았지만 좋은 기억이라고 할 순 없죠."

그의 불안한 목소리 때문에 부족한 정보로도 나는 그가 하고자 하는 말을 알아들었던 것 같다. 이민자인 그의 부모는 영어를 잘 못 했고 미국 실정에 대해 아는 바도 없었다. 문서에는 더더구나 취약해 몇몇 변호사를 거쳤지만 그때마다 돈만 날렸고 나중에는 불법 체류를 면하기 위해 수시로 국경을 넘나들어야 했다. 그렇게 긴 시간 미국에 살았으면서 시민권은 고사하고 영주권조차 없다는 게 쉽게 이해되지 않았지만 각자의 사정이 있는 법이었다.

"남루한 환상을 꿈꾸면서 마약 같은 현실을 살았어요. 나는."

밤낮없이 아르바이트를 하며 검정고시를 거쳐 대학을 다닌 한 남자가 그 땅에 남고 싶어 했다. 그를 훑고 간 삶의 파란이 언제 찾아들지는 모를 일이었다. 배낭은 당분간 그 나라를 떠날 준비였다. 이번에 취업이 되지 않으면 캐나다로 갈 거라고 했다. 불법 체류자가 될 순 없으니 어쩔 수 없는 선택이었다.

"시민권자와 결혼하는 방법이 있지만 아직 그러고 싶지는 않아요."

그는 '아직'이라는 말에 힘을 주었다. 나는 그 순간에도 우리가 연애 비슷한 것을 하고 있다고 착각하고 있어서 결혼이라는 말에 당황했다.

우리는 약속 장소에 도착했다. 제법 근사한 호텔 카페테리아였다. 그는 내게 정치, 종교 그리고 법령 같은 것에 대한 이야기는 꺼내지 말라거나 대화할 때 시선을 피하지 말고 똑바로 바라보라, 혹은 음식을 소리 내며 먹지 말라는 등의 시시한 당부를 했다. 기본 에티켓에 관해 들으며 나는 당신이 생각하는 것 이상으로 교육 받은 사람이라고 말하고 싶었지만 그만뒀다. 그가 탁자를 손톱으로 탁탁 두드릴 때 파란 눈의 남자가 헤이, 하며 다가왔다. 나는 눈인사를 나눈 후 그들의 말을 경청했다. 끼어들지는 않았고—그 정도의 영어 실력은 못 됐다—때에 따라 배시시 웃기만 했다. 그러다 순간순간 놀랐다. 그 사이 나도 모르게 어디선가 동양 여자의 생존법을 전수받은 것 같았기 때문이다. 서양 남자는 간간이 나를 훑어봤는데 그런 시선은 또 처음이라 수치스러워해야 하는지 아닌지조차 가늠이 되지 않았다.

그 자리에서 오간 말을 다 알 수는 없었다. '친구와 놀러 왔는데 우연찮게 네가 사는 곳이더라. 그래서 얼굴이나 보고 가고 싶었다. 얼마 전 당신 회사에 면접을 봤다. 개인적으로 결과가 급하다. 내겐 정말 필요한 회사다. 회사도 내가 필요할 것이다' 등이 내가 해석할 수 있는 전부였다. 하지만 강렬하게 기억에 남는 한마디가 있었다. 그는 또박또박 힘주어 이렇게 말했다.

"뉴욕에서 거지로 살망정 한국에는 돌아가지 않을 겁니다."

묘한 긴장이 맴도는 자리가 끝나갈 무렵 서양 남자가 선상 파티에 가자고 제안했다. 나는 당연히 그도 함께 가는 줄로 알고 흔쾌히 승낙했는데, 오케이를 연발하던 준 리는 시계를 보더니 가봐야겠다고 했다. 그렇게 은근슬쩍 나를 그에게 떠밀었다. 나는 보이지 않는 눈으로 그를 노려보았지만 소용없었다. 그가 돌아가는 길을 왜 그렇게 자세히 설명해주었는지 그제야 알 수 있었다.

선상 파티는 나쁘지 않았다. 남자는 친절했으며 나는 그저 파트너로서 충실히 그 자리를 즐기면 됐다. 물론 때때로 은밀하고 비릿한 신호를 받았지만 정신을 똑바로 차리고 모멸감을 이겨냈다. 내가 대체 어디에 있는 건지 알 수 없었다. 통통한 갈매기들이 뱃전을 날아들 때에야 비로소 정신이 들었지만 그 모든 게 순식간에 벌어진 일이었다. 그의 무례함이나 나의 경솔함을 탓하고 싶지 않았다. 이 경험에도 좋은 점은 있을 거라고 스스로를 타일렀다. 나는 버림받을까 두려워하는 아이처럼 안간힘을 쓰며 그들과 어울렸고 기진맥진해졌다. 파티가 끝날 무렵 거구의 남자가 호텔에서 자고 갈 것을 제안했고 나는 거절했다.

그날의 어떤 장면을 떠올리면 웃음이 나기도 한다. 이를테면 술래잡기를 하던 모습 같은 건데, 눈을 가린 후 '포도주 한 병, 포도주 두 병, 포도주 세 병……' 이렇게 포도주를 세던 술래의 모습 같은 것은 프랑스 영화의 한 장면처럼 기억에 남아 있다.

이상한 파티가 끝나고 시무룩하게 혼자 기차를 타고 돌아오는 길, 문득 웃음이 터졌다. 한 번 터진 웃음은 멈출 수가 없었다. 승객들이 힐끗힐끗 볼 만큼 크게 웃었는데, 멈추지 않으면 어쩌나 걱정될 정도였다. 웃음 끝에 눈물이 흘렀고, 잠시 그런 채로 창문에 머리를 기댔다. 내가 얼마나 바보 같은 역할을 수행했는지 완벽하게 알아버린 것이다.

솥을 엎은 건 다음 날 새벽이었다. 날은 아직 컴컴했고 교회 신도들이 나타나야 할 시간인데 어쩐지 조용했다. 밖으로 나가 보니 교회 현관에 보일러 고장으로 인해 다른 곳에서 예배를 드린다는 안내문이 붙어 있었다. 아침 장사는 접는 편이 나을 것 같았다. 끓이던 물을 덜어내기 위해 혼자 낑낑대며 솥을 들었는데, 그만 무게를 버티지 못하고 미끄러졌다. 눈이 전혀 영향을 끼치지 않았다고 할 수 없었다. 놓치지 않으려고 버둥대다 왼손의 엄지손톱이 손잡이에 끼는 바람에 손톱도 반쯤 나가버렸다. 들린 손톱이 얼얼했다. 곧 피가 몽글몽글 올라왔고 쓰라렸다. 빨리 피한다고 피했지만 발등도 데었다. 재빨리 양말을 벗고 찬물로 응급처치를 했지만 손도 발도 모든 게 너무 아팠다.

어쩔 수 없이 나는 다시 준 리에게 전화를 걸었다. 그를 더는 보고 싶지 않았지만 부를 수 있는 사람이 그뿐이었다. 그는 혀를 끌끌 차며 부주의를 나무랐고 병원 응급실은 갈 수 없다고, 감당할 수 있는 비용이 아니라고 말했다. 그래도 상처를 소독한 후 붕대로 세심하게 싸매주었다. 응급처치를 마친 엄지손가락은 커다란 면봉 같았다. 그러나 아무리 작은 상처라도 손을 다치면 주방에서 할 수 있는 건 없었다.

"별거 아니라고 생각하도록 해요. 시간이 지나면 다 나아요."

말끔하게 응급처치를 해준 후 그가 한 말이었다. 그리고 이렇게 덧붙였다.

"폭격으로 사람이 죽어가고, 공중에서 비행기가 사라졌어요. 며칠 전에는 무고한 흑인 아이가 백인 경찰 총에 죽었죠. 매일매일 어디선가 건물이 무너지고 사람들이 죽어나가죠. 이런 건 아무것도 아니에요."

그 말을 들으며 나는 그곳을 떠날 결심을 굳혔다.

'뉴욕이즈'를 그만두고 짐을 싸서 맨해튼의 호텔로 옮겼다. 엄마와 이모에게는 사촌 언니가 서부로 여행을 떠났다고 말해두었다. 이모는 어떤지 모르지만 동생의 결혼으로 엄마는 내 걱정을 좀 잊은 듯했다. 다시 뉴욕 한복판으로 나가고 싶었다. 사촌과 다니던 미슐랭과 브로드웨이와 소호가 그리웠다.

서울로 오기 며칠 전 그가 또 한 번 나를 불러냈다. 취업이 되었다고 축하 파티를 한다고 했지만 나는 '뉴욕이즈'에 가고 싶지 않았다. 그래도 그에게 고마운 것이 하나 있었다. '뉴욕이즈'에서 처음으로 의안을 의식하지 않고 살았다는 것. 나는 약간 고민을 하다 약속 장소로 나갔다. 다시 찾은 나의 윤택한 삶이 평정심을 가져왔기 때문이다. 나는 이제 혼자서도 맛집을 잘 찾아다녔고 힙 플레이스도 들를 수 있었다.

말끔한 양복 차림의 그는 기분이 좋아 보였다. 머물고 있는 호텔을 물어보더니 철이 없다면서 혀를 끌끌 찼다. 자신이 그동안 얼마나 많은 돈을 세이브해줬는지 아느냐며 생색을 냈고 커피를 샀다. 나는 어쨌거나 그의 취업을 축하했다.

그는 여전히 말이 많았다. 큰 목소리로 입사한 회사에 대해 자랑했으며, 곧 올랜도로 첫 출장을 가게 될 것 같다고 함께 가지 않겠냐고, 그곳에는 디즈니랜드도 있다고 했다. 나는 곧 서울로 돌아간다고 했고, 공공장소에서 이렇게 큰 소리로 말하는 건 예의가 아니라고 말해주고 싶었다. 그는 연신 자기 이야기만 하다가 커피에 설탕을 넣었다. 그리고 그 설탕이 다 녹기도 전에 눈앞에 보이는 회사 건물을 가리키며 이렇게 말했다.

"나는 이제 저기서 백인 여자가 타 주는 차를 마셔요. 아침마다."

나는 잠시 내가 왜 이런 사람과 여기 앉아 있을까를 생각했다. 이 모든 게 다 뉴욕 탓이고 사촌 탓이라고 단정하며 이렇게 답했다.

"디즈니랜드라면 어렸을 때 가볼 만큼 가봤어요. 올랜도까지 굳이 가지 않아도 될 거 같아요."

돌아오는 비행기에서 나는 낯선 섬에 갇히는 꿈을 꿨다.

*

지금도 눈물은 시도 때도 없이 흐른다. 하지만 허공에 떠 있는 눈알들을 향해 손을 뻗으며 잠들던 때를 생각하면 아무것도 아니다. 현상은 변하지 않았지만 내 태도가 바뀌어갔다. 그건 무서운 적응력인 동시에 본능적 체념이다. 처음에는 의안을 두세 시간만 끼고 있어도 몹시 괴로웠다. 하지만 이제는 '원래'가 기억나지 않는다. 마치 이것을 '원래' 갖고 태어난 것 같다. 이물감은 여전하지만 그 이물감 자체가 익숙해진 것이다.

그리고 그런 채로 나는 작업을 해왔다. 눈알 시리즈는

뉴욕의 갤러리에서 먼저 관심을 보였다. 뉴욕의 갤러리에서 온 메일을 확인하고 있을 때 다른 메일 한 통이 눈에 띄었다. 오래전에 내가 베푼, 혹은 저지른 어떤 선의에 대한 답이었다.

*

강 작가님께

안녕하세요. 읽으실지는 잘 모르겠습니다만 드리고 싶은 말씀이 있어 이렇게 메일을 씁니다. 고3 겨울 새벽 어느 날 아버지가 귀가해 바닥에 던진 점퍼에서 봉투를 발견했습니다. 아마 아버지도 봉투의 존재를 아셨으리라 생각합니다. 정말 버릴 생각이었다면 집에 가져오지 않았겠죠. 제가 알기로 아버지는 사사로운 이익 때문에 회사에 반대하는 입장에 선 사람은 아니었습니다. 그래서 아마 더 난감하셨을 것 같습니다. 저희는 가난했지만, 아버지에게는 그 시위가 일개 개인의 가난 때문이 아니라는 명제가 있었으니까요. 모두를 잡아끄는 중력은 다르다고 생각합니다. 설사 그것이 아버지와 저 같은 가족이라 해도 말이죠. 우리가 붙인 발의 무게는 그래서 각각 다 다른 게 아닐까요.

각설하고 그때 그 돈으로 학교 등록을 무사히 마칠 수 있었습니다. 그리고 그것은 아버지 주변이나 저희 집에서도 절대로 언급하지 않는 기묘한 비밀이 되었습니다. (그것이 어떤 회유의 조건을 단 게 아니었음에도 불구하고요.) 여기서 굳이 선생님의 아버님이나 저희 아버지를 더 언급할 필요는 없을 것 같습니다.

저도 거의 잊고 지낼 무렵 선생님의 전시 소식을 보게 되었습니다. 제가 문외한인지라 작품을 잘 이해하지는 못했지만 인터뷰를 통해 선생님이 당시 병마와 싸우고 계셨다는 것을 알게 되었습니다. 언젠가 한번은 인사를 해야겠다고 생각하던 것이 이제야 메일을 드리게 됐습니다.

여전히 우리의 계급은 다르고, 어쩌면 이런 식의 감사, 혹은 기억에 대한 소회가 달갑지 않으실 수도 있다고 생각합니다. 만약 선생님이 작가가 아니라면, 그래서 제가 눈에 대한 작업을 보지 못했다면 굳이 연락을 드리지 않았을지도 모르겠습니다. 가짜 눈알이 모여서 거대한 다른 물성으로 변화하는 것처럼, 지금 제가 쓰는 이 메일이 또 선생님의 삶에 혹은 작업에 아주 작은 '무엇'으로 존재할 수도 있지 않나 생각해봅니다. 우리의 삶은 놀라우리만치 우연투성이니까요.

작은 악과 작은 선들. 그런 게 있다면 그리고 그것이 어떤 식으로든 서로의 삶에 영향을 미친다면 그래서 지금 제가 여기 발붙이고 있는 힘이 된다면, 적어도 알려드리고 고맙다는 인사를 해야 한다 생각했습니다.

그때 정말 감사했습니다. 생각해 보면 선생님도 어린 나이셨는데 신기한 일입니다.

그럼 다음 전시도 기다리겠습니다.

대리석 궁전에 사는
꿈을 꾸었네

브리제 하임 3층에 위치한 클럽하우스에서 제공되는 아침 식사는 딱히 특별할 것도, 그렇다고 부족할 것도 없었다. 이곳은 언제나 일정한 온도와 습도를 유지했고, 계절은 늘 바깥으로만 흘렀다.

해원은 요즘 브런치를 하며 커피 메뉴를 고민했다. 에스프레소는 양이 부족했고, 카푸치노는 때로 느끼했다. 주로 아메리카노를 마셨지만 뭔가 부족한 느낌이었다. 직접 내려 마시는 것만 못해도 커피 맛은 괜찮았다. 그러다 문득 이런 자신에게 놀랐다. 불과 며칠 새에 고민이 바뀐 것이다.

창가에는 앳된 엄마가 유모와 함께 아이들에게 오믈렛을 먹이고 있었다. 그들은 재일교포라고 들었다. 한 점잖은 노인은 영자 신문을 펼쳐 읽었고, 중앙 테이블에서는 노파 둘이 담소를 나누었다.

"노인네들하고 같이 다니면 피곤하다니까."

해원은 그들의 대화에 피식 웃음이 났다. 얼마 전 칠순을 지낸 사람 입에서 타인을 '노인네'라 칭하는 말이 나왔기 때문이다. 둘은 지난 여행에서 만난 여든 넘은 일행에 관해 이야기하던 참이었다. 물론 그들에게도 해원에게도 열네 살 소녀의 시절은 있었다. 두 노파는 젊은 날 한 기업가의 후처들이었다는 소문이 있는데 지금은 꼭 자매 같았다. 해원은 주변 사람들을 훑다 흠칫했다. 그들 역시 자신에 대해 얼마만큼은 알고 있을 것이다. 클럽하우스는 서로를 의식하지 않기에는 밀도 높은 공간이었다.

해원이 커피 대신 차를 마셔야겠다고 생각하며 손을 들 때 쿵 소리가 났다. 몇몇 사람 입에서 얕은 비명이 흘러나왔다. 참새가 창에 부딪치며 난 소리였다. 해원도 잠시 눈을 의심했다. 참새가 떨어진 뒤에도 유리창이 한동안 진동하는 기분이었다. 먹을 것을 향해 날아온 걸까. 직원이 황급히 유리창을 살폈고 아이들도 덩달아 뒤를 따랐다. 구석의 노인은 별일 아니라는 듯 이내 보던 신문으로 시선을 옮겼고, 노파 둘은 이를 계기로 화제를 바꿔나갔다. 해원은 습관적으로 손가락의 반지를 돌렸다.

아이들은 손에 든 피규어를 서로 주거니 뺏거니 하며

뛰다가 엄마의 잔소리에 자리에 앉아 스마트폰에 코를 처박았다. 구석의 노인은 읽던 신문을 접어 들고 일어났다. 지방의 한 국립대에서 정년을 마쳤다는 노인은 입주가 가장 까다로운 24시간 저층 홈 케어 서비스룸에 거주했다. 신문을 제자리에 꽂아 놓고 나갈 때 그의 몸에서 짤랑거리는 소리가 들렸다. 동전 소리가 그와 어울리지 않았다.

해원도 자리에서 일어났다. 움직일 때마다 담녹색 롱스커트 밑자락으로 맨발이 드러났다. 발등이 훤히 보이는 샌들을 신을 만한 날씨는 아니었지만 브리제 하임 사람들은 대체로 옷을 얇게 입었다. 반질반질한 대리석 바닥은 발을 뗄 때마다 따닥따닥 소리가 울렸다. 해원은 복도 초입에 걸린 바로크풍 전신 거울 앞에 섰다. 거울 속에는 왼쪽 어깨가 오른쪽보다 조금 내려간 보통 키의 중년 여성이 있었다. 거울을 볼 때면 해원은 의식적으로 몸을 곧추세웠지만 그때뿐이었다. 큰 거울을 통해 알게 된 건 습관적으로 길러온 머리가 얼마나 부조화스러운지였다.

로비에는 〈대리석 궁전에 사는 꿈을 꾸었네〉나 〈어릿광대를 보내주오〉의 경음악 버전이 반복됐는데 취향도 아니거니와 볼륨이 너무 작아 이명 같았다. 하지만 이곳에 키스 자렛이나 빌 에반스가 흐른다고 해서 크게 달라질 것은 없다고 생각했다. 직원이 좋은 아침입니다, 싱긋 웃으며 인사를 건넸다. 인포메이션 업무는 24시간 3교대로 돌아갔는데 해원에게는 마치 한 얼굴의 세 사람처럼 느껴졌다.

해원은 우편물을 찾아 17층으로 올라갔다. 그래도 일주일 정도 머무른 공간이라고 집에 들어서니 마음이 한결 편안해졌다. 제자의 집이었다. 해원은 멀리 창밖을 바라봤다. 샹들리에 때문일까, 착시일까. 하늘이 유독 파랬다. 흐리고 뿌연 잿빛 하늘도 이곳에서는 깨질 듯한 파란색을 띄는 것 같았다.

우편물은 고지서, 갤러리, 백화점, 자선단체에서 온 후원 안내 책자 등 다양했다. 관리비 고지서를 펼쳤다. 해원이 운영하던 학원 월세에 맞먹는 금액이 적혀 있었다. 런던의 테이트 모던에서 전시를 해 인지도를 얻은 작가의 국내 첫 전시 리플릿도 눈에 띄었다. '이스케이프, 모의, 흑과 백, 유명무실, 다른 문……' 말의 홍수였다. 미술 시장이 화려해졌다지만 업계는 여전했다. 국내에서 상을 받아 지명도를 올리거나 외국으로 가서 국내로 컴백하는 것. 이게 그나마 전업 작가로 버틸 수 있는 방법 중 하나였다. 물론 어느 쪽도 쉽게 해낼 수 있는 건 아니었다.

"홀로 존재하는 색은 없어. 색을 편애해서는 안 돼."

15년 전 해원이 제자에게 했던 말이다. '젊은 여성 예술가상'을 받긴 했지만 딱히 밥벌이가 없던 해원은 궁여지책으로 입시 지도를 시작했고, 그때 인연이 지금까지 간헐적으로 이어졌다.

입시를 시작했을 때는 해원이 대학을 갈 때와 제도가 많이 달라져 겁이 나기도 했는데, 도리어 잘 맞았다. 학생 몇을 명문대에 보내게 되니 입소문이 났다. 해원의 학생들은 다른 고3들처럼 대학에 연연하지 않았다. 입시생임에도 불구하고 건강과 피부 관리 그리고 교양을 쌓는 일에 게으르지 않았고, 때마다 해외여행이나 연수를 떠났다. 10년 단위로 미래를 준비했다. 꼬박꼬박 예의 바르게 '선생님, 선생님' 했지만 그들의 말에는 은근한 명령이 담겨 있었다.

가르치는 일에 신물이 나다가도 세금 없는 현금을 손에 쥐면 힘이 났다. 제자는 원하는 대학에 무난하게 입학했고 그만그만하게 대학 생활을 하다가 알던 집안의 남자와 결혼을 했다. 해원에게 무난한 삶의 행복을 보여준 경우였다. 제자는 이제 두 아이의 엄마가 되었다. 제자가 부지런히 제 삶을 일구는 동안 해원은 달라진 게 없었다. 제자는 한 가지 색만 편애해도 충분한 삶을 살고 있었다.

*

"리치가 사라졌어요."

얼마 전 제자가 울먹거리며 전화했을 때 무슨 말인가 싶었지만, 해원은 곧 갈색 푸들을 기억해냈다. 대학 입학 기념으로 키우게 된 강아지였다. 그 개가 아직 살아 있다니, 그게 더 놀라웠다.

그때 해원은 빈 강의실에 혼자 서 있었다. 동업하던 선생이 애들 명단을 빼서 다른 곳에 새 교습소를 차릴 때까지 까맣게 몰랐다. 당연히 연락은 닿지 않았다. 은행에서는 지속적으로 대출금 상환 고지서가 날아왔다.

제자의 하소연을 들어줄 여유가 없었다. 건성으로 대답하다 결국 제자에게 상황을 설명했다. 알아달라는 것은 아니었지만 이제 제자도 삼십 대 중반이니 응석을 부리게 둘 수는 없었다.

"어머, 어떡해요. 만나서 이야기해요."

오랜만에 만난 제자는 제안을 하나 했다. 집을 비우는 동안 자신의 오피스텔에 머물러달라는 것이었다. 브리제 하임은 서울 외곽 단독주택에 사는 제자의 세컨드 하우스였다. 리치에 관한 연락을 받아줄 사람이 필요하다는 게 요

지었는데, 부탁을 가장한 배려였다. 제자는 그런 면이 있었다. 그리고 말끝마다 강조했다.

"믿을 만한 사람이 있어서 다행이에요."

맞는 말이었다. 해원은 자신의 방 외에는 문을 열지 않았고, 충실히 집사의 업무에 열중했다. 요리도 소박하게 했으며 욕조도 없는 손님용 욕실만 사용했다. 화초에 물도 줬고, 배달된 액자도 뜯어서 배치했다. 제자는 '작가님'이 직접 걸어주시면 제가 영광이죠, 해원의 자존심이 상하지 않게 애쓰면서도 할 말은 다했다.

해원은 전단지를 자세히 들여다봤다. 미용 전과 후 두 버전의, 이제는 늙은 리치가 혀를 내밀고 있었다. 강아지였던 그 리치가 할머니가 됐다. 해원은 애완견을 키운 적이 없었지만 리치를 보면서 언젠가 나이가 더 들면 개를 한 마리 키우는 것도 나쁘지 않겠구나, 생각했다. 해원 자신의 세월도 되짚어봤다. 직업도 없고 결혼도 하지 않은, 쉰 살이 다 되어가는 여자. 아무리 젊어 보여도 물리적 나이는 속일 수 없었다. 마흔이 될 때는 아침저녁으로 스산한 마음은 들었지만 그저 기분에 불과했다. 그때는 생리가 이렇게까지 불규칙하지도 않았고, 밤이 되기도 전에 기력이 떨어지지도 않았다. 지금은 마음보다 몸이 힘들었고, 미래는 두렵기보다 귀찮았다. 감상이 끼어들 틈이 없었다. 시간은 가만히 있는데 그 위를 사람들이 쉼 없이 달리는 것 같았다. 문득 시간에 관한 작업을 하면 좋을 텐데 생각하다 곧 고개를 저었다. 할 수 있는 일이 많지 않았다.

과거를 되새기는 자신을 발견하며 해원은 생각했다. 어디서부터가 문제였을까. 동업하던 동료를 믿고 모두 맡긴 것? 이전에 몇몇 일자리 제안을 고맙게 받아들이지 않은 것? 아니면 더 오래전 생의 봄날 적극적으로 구애하지 않은 것? 혹은 제대로 된 구애를 얻어내지 못한 것? 어쨌든 지금 해원에게 남아 있는 것은 '거의' 없었다. 오십은 새로운 계획을 세우기에는 늦은 감이 있었지만, 무계획으로 버티기에는 너무 젊었다.

주방에 딸린 방문을 열어보았다. 처음 이곳에 온 날 새벽, 뒤척이다 이불을 몸에 만 채로 이 방에 와서는 푹 잔 기억이 있다. 군더더기 없는 작은 방이었다. 옛날식 TV와 캐비닛, 장난감처럼 작은 화장대가 있었다. 한 사람이 누우면 딱 맞는 크기의 채광이 좋지 않은, 구조상 가정부가 쓰는 방이었다. 해원은 화장대 앞에 쪼그리고 앉아 흐릿한 거울을 들여다봤다. 잘만 꾸며 놓는다면 세상 부러울 것 없는 오만한 표정을 지어도 이상하지 않을 것이다. 그러나 자세히 보면 광대에는 기미가 번졌고 고개를 조금만 숙이면 정수리에 흰 머리가 보였다. 염색을 해도 해도 흰머리는 끈덕지게 나왔다. 그대로 두면 긴 백발이 될 것이다. 그만둘 수만 있다면 이제는 여자를 그만두고 싶었다. 하지만 그런 건 결정한다고 될 일이 아니었다. 담배가 생각났지만 피울 공간이 없었다. 그러고 보니 담배도 없었다.

나이가 들수록 성격과 마찬가지로 얼굴도 단점이 도드라졌다. 단아한 느낌을 주던 긴 얼굴은 이제 청승맞게 느껴졌고, 도회적으로 보이는 데 한몫했던 광대뼈는 고집의 상징처럼 솟아 있었다. 애써 미소를 지어 보았지만 없는 어금니 자리만 돋보였다. 어금니가 부스러진 건 얼마 전의 일이었다. 자고 일어났는데 입안에 이물감이 가득했다. 치과에 가서 진료를 받고 견적을 냈지만 바로 치료를 시작할 엄두가 나지 않았다. 차일피일 미루다 보니 점점 이 하나 없이 사는 일에 적응이 되어갔다.

해원은 방바닥에 드러누워 무늬 없는 천장을 바라봤다. 눈을 감았다. 하도 오래 입어 몸의 일부처럼 느껴지는 스커트를 훌렁 걷어 올렸다. 엉덩이를 들어 입고 있던 기모 레깅스를 아래로 내렸다. 팬티는 벗어도, 벗지 않아도 상관없었다. 해원은 자신의 몸에 대해 알 만큼 알고 있었다. 지

난날 적지도 많지도 않은 수의 남자를 만나왔다. 어떤 장면은 미세한 것까지 떠올랐지만 어떤 남자는 이름조차 기억나지 않았다.

지금쯤은 대부분 누군가의 남편이자 아버지가 되어 있겠지. 모를 일이다. 그중 누군가는 이미 이 세상 사람이 아닐 수도 있고, 이름도 모르는 먼 나라에 살고 있을 수도 있다. 시간이 갈수록 연애는 힘들었고 결혼은 더 그랬다. 그나마 섹스가 나이 든 남녀 간 필요충분 요건이었다. 해원은 상대를 위해 정열적으로 연기를 한 적도, 시큰둥했던 적도 있었다. 다 지나간 일들이다. 한 가지 확실한 것은 언제까지나 눈을 동그랗게 뜬 채 소녀인 척할 수 없다는 점이었다.

해원이 마지막으로 남자와 잔 건 5년 전이다. 학원에서 잠시 아르바이트를 하던 일곱 살 어린 후배였다.

"정말 몸 관리를 잘하셨네요. 나이 같지 않아요. 대단해요."

해원이 팬티에 다리를 끼울 때 닫힌 방 안에서 검은 실루엣이 말했다. 해원은 그날 이후 다시는 어린 남자와 밤을 함께 보내지 않았다. 그렇다고 동년배와 잘 기회가 쉽게 생기는 것은 아니었다. 그들에게도 취향이란 존재했다.

누운 채 팬티 위를 더듬었다. 팬티를 뚫고 나온 까슬까

슬한 음모를 만지작거리며 눈을 감았다. 모래바람이 떠올랐다. 해원의 수상작은 배경이 사막이었다. 모래벌판에 남은 골조만 있는 집. 그 휑한 집에 점멸등이 깜빡거렸다. 타이틀은 '홈씩(Homesick)'이었다. 해원은 부드럽게 혹은 격렬하게 손가락을 사용해 스스로 몸을 달궜다. 모래바람이 세차게 불어와 피부가 따가웠다. 소녀는 모래 위를 달리는 배에 올랐다. 그곳에는 소년이 앉아 있다. 소년은 열심히 노를 젓는다. 사막의 바람은 뱃전에 앉은 소년과 소녀의 뺨을 때린다. 소녀는 눈에 모래가 들어가자 울기 시작하고 그걸 바라보던 소년은 어쩔 줄 몰라 한다. 모래 바다는 넘실대고 배는 계속 앞을 향해 나아간다. 소녀는 목이 마르다. 바람 소리가 시끄럽다. 소년은 그 바람 소리에 자신의 말이 묻히는 게 좋다. 둘은 서로의 손을 꽉 쥐고 놓지 않는다. 소녀가 입속 모래를 뱉으며 눈을 떴을 때 소년은 곁에 없었다. 다만 그의 손이, 모래 범벅이 된 한쪽 손만이 남아 있을 뿐이다.

해원은 팬티 밑이 축축해진 것을 느꼈다. 욕망이 완전히 사라진 건 아니었다. 만나는 사람이 있을 때는 욕망이 없더니, 곁에 아무도 없자 몸이 뜨거워지곤 했다. 그럴 때면 모래벌판 같은 자신의 몸을 다독였다. 욕망에 의미를 둘 필요는 없었다. 주섬주섬 옷을 챙겨 입을 때 문자가 왔다. 목격자의 연락은 꾸준했다. 이번 사진은 리치 같기도 아닌 것 같기도 했다. 직접 보기 전에는 알 수 없었다. 해원은 발신자에게 전화를 걸었다. 낯선 이를 만날 생각을 하니 좀 성가셨다. 냉정하게 생각하면, 리치를 찾지 못해도 그만이었지만 제자가 오기 전에 뭐라도 해야 했다. 내일 이 시간에 보죠, 말하고는 전화를 끊었다.

"그 브리제 하임이요? 우와, 정말요?"

청년은 들뜬 목소리로 몇 번이나 주소를 확인했다.

바깥 공기가 차가웠다. 날씨가 생각했던 것과 달라 고개가 절로 숙여졌다. 해원은 옷깃을 꼭 여미고 버스 정류장을 향해 걸었다. 브리제 하임을 걸어서 왕래하는 사람은 거의 없었다. 해원은 버스를 기다리며 핸드폰 검색창에 '파산 신청'이라는 네 글자를 써넣었다. 수많은 검색어가 떴다. 많은 사람이 검색하고 있는 단어라고 생각하니 조금은 위안이 됐다. 사업을 크게 벌였던 것도 아닌데 손을 쓸 수 없게 되어버렸다. 각종 부채는 명의자인 해원이 해결해야 했다. 동업자와는 단 한 번 통화했을 뿐이다. "제가 바로 전화 드릴게요" 하고 끊은 게 마지막이었다. 제자는 돌아오는 대로 힘을 써보겠다고 했지만 기대할 수는 없었다.

해원은 버스에 오른 후 고가 하나를 넘어 내렸다. 동네 초입의 작은 빵집을 제외하고 상점은 대부분 비어 있었다. 한 가게는 유리에 있던 글씨가 벗겨졌고, 유리창도 금이 가 있었다. 그 위에 '임대'라고 쓰인 종이가 대충 붙어 있었다. 철물점 앞에는 노인이 앉아 있었다. 주인인 듯했다. 오랜만에 사람을 보았는지 해원에게서 눈길을 거두지 못했다. 해원은 그 앞을 빠르게 지나쳤다. 골목 여기저기 걸린 플래카드가 바람에 흔들렸다. '주민 의사 무시하는 일괄 개발 반대' '목숨보다 소중한 내 재산 내가 지킨다' '허위 약속 속지 말자' 같은 문구가 대부분이었다. 주민들은 계속 무엇에 반대하고 있었다. 그중에 '목숨과도 바꿀 수 없는 내 재산'이라는 말이 눈에 들어왔다. 어린애 같은 표현이었다. 목숨을 내놓는다고 누가 돈을 줄까.

약국을 지나 담배 표시가 있는 가게로 들어갔다. 약사는 TV를 보느라 바깥에 관심이 없었다. 담배 가게 주인은 해원을 아래위로 훑더니 분양 받을 아파트를 보러 왔냐고 물었다. 아직 들어서지 않은 재개발 건물 자리를 보러 오는 사람이 더러 있다고 했다.

담배 피울 장소를 찾을 때 희미하게 노랫소리가 들렸다. 지하 노래방이었다. 외관만 봐서는 영업을 하는지 의심스러웠지만 소리를 따라 계단을 밟았다. 카운터는 비어 있었고 안에서는 노랫소리가 들렸다. 해원이 두리번거릴 때 안쪽에서 머리가 벗겨진 중년의 덩치 큰 남자가 나와 "삼십 분에 오천 원이요" 숨을 헐떡였다. 혼자 노래를 부르던 모양이었다.

해원은 리모컨으로 몇 곡을 선곡한 후 시작 버튼을 눌러놓고 담배를 피워 물었다. 부르는 사람 없이도 반주는 흥겹게 흘렀다. 해원은 자막을 바라봤다. 사랑은 노래 가사로 끊임없이 소비되고 있었다. 사랑과 결혼이 없다면 이 세상 사람들은 무엇으로 장사를 할까. 해원은 꼼짝 않은 채로 앉아 담배를 연이어 피웠다. 가만히 소파에 기대어 탬버린을 흔들며 사랑, 사랑, 사랑 노래를 조용히 따라 불렀다.

시간을 남겨둔 채 밖으로 나온 해원은 동네를 무작정 걸었다. 짓다 만 아파트와 부수다 만 주택이 눈에 띄었다. 짓다 만 집터가 띄엄띄엄 있었고, 주변에는 시멘트 포대와 작업 도구들이 쌓여 있었다. 흙먼지가 날아왔다. 얼마 걷지 않았는데 브리제 하임으로 돌아가고 싶어졌다. 피부에 닿는 이곳과 저곳의 날씨가 너무나 달랐다. 한 노파가 폐지를 실은 손수레를 끌고 지나갔다. 모르긴 몰라도 해원과 나이 차가 크게 나지는 않을 것이다. 그녀의 앙상한 손목에는 힘줄이 성성했다. 팔뚝까지 이어져 있을 노동의 흔적이었다. 눈이 마주칠까 고개를 내리깔고 발걸음을 재촉했다.

버스 정류장에 도착했을 때 '금 삽니다'라는 현수막이 걸린 트럭을 발견했다. 해원은 손가락의 반지를 만지작거렸다. 검지에 끼웠음에도 불구하고 대부분이 결혼반지로 여겼다. 오래전 애인의 어머니가 해원에게 준 묵주반지였다. 해원은 죽은 애인을 떠올렸다. 그가 빠른 성공을 거둔 후에는 늘 초조했던 기억이 있다. 그러고 보면 사랑의 실패보다는 완전한 이별이 덜 슬펐던 것도 같다.

"진짜 양심을 걸고 맹세해요. 여기가 서울 시내에서 제일 많이 쳐 드릴걸요."

트럭 금은방 장사는 망설이는 해원에게 육십오만 원을 제시했다. 순금은 순금인 모양이었다. 그에게 남는 게 없다는 말을 들으며 반지를 받아 원래 꼈던 손가락에 끼웠다. 육십오만 원으로 해결할 수 있는 건 많지 않았다. 그래도 묵직한 손가락이 꽤 든든했다.

해원은 옥수수빵과 바게트를 사서 버스에 올랐다. 버스에는 미국에서 총기 난사 사건이 일어났는데, 시크교를 이슬람교로 착각해 벌어진 일이었다는 것과 독일의 한 화석 유적지에서 4700만 년 된 거북 커플의 화석이 발견됐다는 뉴스가 나오고 있었다. 화석은 암컷과 수컷이 한 쌍인 채였는데 일부는 교미 중인 모습 그대로였다는 멘트가 덧붙여졌다. 소름이 돋았다. 화석은 은유가 아니었다. 명백한 증거였다. 버스에서 내린 후 다시 코트 깃을 여미고 몸을 밀며 걸었다. 곳곳에 리치의 얼굴이 붙어 있었다. 사례금 오십만 원은 멀리서도 눈에 띄었다.

해원은 집으로 올라가기 전 단지 내 사우나를 향했다. 한 동에 하나씩 있는 사우나는 수영장과 연결돼 운동 후 간단히 씻고 올라가는 사람들이 대부분이었다. 해원이 옷을 벗을 때 여자애들이 사우나로 뛰어들었다. 막 운동을 마치고 온 아이들은 보기만 해도 싱그러웠다. 아이를 낳았더라면 저 또래쯤 됐을 것이다. 애들은 망설임 없이 훌렁훌렁 옷을 벗었다. 해원은 이제 막 피어나기 시작한 몸을 훔쳐봤다. 키 큰 아이가 옷을 벗자 버선코 같은 가슴이 드러났다. 유선도 거의 없는 선홍빛 젖꼭지가 매달려 있었다. 또 다른 아이는 배꼽에 피어싱을 했는데, 반짝거리는 고리가 약간 나온 뱃살에 파묻혀 귀여웠다. 해원과 잠시 눈이 마주쳤지만 개의치 않아 했다. 티팬티까지 훌렁 벗어 사물함에 던져 넣고는 또 깔깔거리며 사우나로 뛰어들어갔다. 뭐가 그렇게 신나는지 알 수 없는 일이었다. 해원은 조금은 거뭇한 자신의 젖꼭지를 바라보다 옷을 마저 벗었다.

한산한 욕탕의 긴 의자에 여자 셋이 나란히 누워 타월로 제각각 다른 부위를 가리고 있었다. 해원은 비치된 소금으로 몸의 구석구석을 꼼꼼히 문질렀다. 기분이 한결 나아졌다. 과외라면 어떻게든 구할 수 있을 것이다. 타월을 머리에 감고 거울을 바라봤다. 목주름은 선명했지만 그건 예전부터 있던 거였다. 가슴의 탄력도 아직 좋았고, 허리와 배에도 군살이 크게 붙지 않았다. 이만하면 쓸 만했다. 그러다가 픽 웃음이 났다. 대체 무엇에 쓸 만한 걸까. 얼굴과 목과 머리카락과 몸의 나이가 제각각인 여자. 해원은 자신의 몸에 들쑥날쑥하게 새겨진 삶의 흔적이 낯설기만 했다.

[브리제 하임 앞에 왔어요.]

문자를 발견한 건 집에 들어가서였다. 목욕하는 사이 청년이 도착한 모양이었다. 바로 통화 버튼을 눌렀다. "약속은 내일이 아닌가요" 나무라듯 말했다. 청년은 죄송하다며 지나는 길이라 들러봤다고, 못 뵈어도 상관없다며 내일 다시 오겠다고 쩔쩔맸다. 해원은 로비로 내려갔다.

로비에는 한 청년이 갈색 푸들을 안고 서 있었다. 트레이닝 팬츠에 티셔츠를 한 장 걸쳤을 뿐인데도 전혀 추워 보이지 않았다. 한쪽 손에는 생수병과 가방이 들려 있었다. 해원이 다가가자 그제야 헤드폰을 목에 걸며 인사를 했다. 땀냄새가 시큰했다. 가까이서 보니 트레이닝 팬츠는 무릎이 나와 있었고 파란색 스니커즈에는 얼룩이 묻어 있었다. 해원은 청년의 눈높이에서 보일 흰 머리칼과 맨 얼굴이 마음에 걸렸다. 청년의 눈은 그렇게 크지 않았는데, 속눈썹이 길어서 깜빡일 때마다 얼굴을 청소하는 것처럼 보였다. 비염이 있는지 말을 하는 내내 코를 훌쩍였는데, 그래서 더 어린애 같았다. 하긴 아무리 많아도 스물네댓 살 정도로밖에 보이지 않았다.

"제가 좀 놀랐나 봐요. 너무 미인이셔서."

놀랐어요가 아니라 놀랐나 봐요라니. 그 말투에 웃음이 났다. 하지만 해원은 웃지 않고 개를 살폈다. 청년 품의 강아지는 깜짝 놀랄 만큼 리치와 닮았다. 하지만 어린 새끼였다. 리치는 아주 늙은 개였다. 제자는 그래서 더 애타했다. 기력도 없는 늙은 개가 어떻게, 어디로 갔을까. 문득 그게 궁금했다.

청년은 자꾸만 두리번거렸다. 품의 강아지도 가만 있지 못했다. 머리를 흔들어대다 저 혼자 으르렁거리기도 했으며 헥헥거리다가 청년의 손가락을 핥아댔다. 눈치 없기는 둘 다 마찬가지였다.

"브리제 하임에 와 보게 되다니. 브리제 하임…… 산들바람의 집이라는 뜻이죠?"

청년은 산들바람에 힘을 주어 말했다.

"독일어를 하나 봐요?"

해원이 묻자 청년이 머리를 긁적였다.

"아뇨. 오기 전에 찾아봤어요. 브리제가 산들바람이라는 뜻의 독어더라고요. 원래 아는 거라고는 이히 리베 디히 정도요?"

해원은 순간 멈칫했다. 이히 리베 디히라니. 해원은 마음의 진부한 떨림을 얼른 눌렀다.

"미안해요. 차비는 드릴게요. 그런데 아니라서."

가방에서 지갑을 열자 청년은 손을 저었다.

"아닙니다. 됐어요. 그런데, 아닌 건 어떻게 알죠?"

궤변이었다. 절박해 보였다.

"하긴, 아니니까 아니겠죠."

해원도 개가 측은하기는 마찬가지였다. 하지만 리치가 아닌 걸 어쩌란 말인가. 지금 해원에게는 개는커녕 자신의 몸을 눕힐 공간조차 없었다.

"유기견 보호센터에 보냈는데도 주인을 못 만나면 안

락사를 시킨다던데…… 저는 여력이 안 돼서요. 지금 친구 셋이 원룸에 같이 살고 있거든요. 며칠은 몰라도 키우는 건 무리예요."

하지만 되도 않을 희망을 품게 할 수는 없었다.

"리치를 찾더라도 이 개를 키우시면 안 될까요? 개가 여러 마리 있으면 자녀분들도 좋아할 테고요."

제자는 개를 사랑했다. 하지만 사랑이란 배타적이다. 다른 개를 향할 리 없다.

"저는 애가 없어요."

해원이 말했다. 청년은 머쓱해하며 죄송하다고 했다. 그럴 일은 아니었다. 어느 때가 되면 모든 것을 자연스레 갖게 된다고 믿었던 시절은 해원에게도 있었다. 해원은 청년이 사례비를 받으면 뭘 하고 싶을까 궁금했다. 대신 학생인가요, 물었다.

"춤을 춰요."

춤? 청년은 무용을 전공한다고 했다. 언젠가는 자신의 안무로 무대를 만들고 싶다고, 유럽에서 활동하는 게 꿈이라며 묻지도 않은 계획을 늘어놓았다. 독일 무용단에서 초청을 받았는데 비행기 표 외에 지급되는 게 없어서 경비를 조금씩 모으고 있다고 덧붙이며 쑥스러워했다. 생기지도 않을 돈의 사용처를 저도 모르게 말한 셈이다. 강아지는 계속 청년의 손등을 핥았다. 해원은 청년의 손목을, 어깨를, 배를, 허벅지를 자신도 모르게 훑다가 화들짝 놀랐다. 해원은 "발레요?"라고 물었다.

"아뇨. 현대무용이요."

해원은 청년의 발그레한 볼을 보며 사과나 복숭아 같은 과일을 떠올렸다. 과수원집 아이일까. 자연에서 마음껏 뛰어노는 아이들과 춤은 잘 어울렸다. 무용가야말로 어른이 되어서도 신체를 사용해서 놀 수 있는 특권을 가진 사람이라고 생각했다. 해원도 대학생 때 공연을 열심히 보러 다녔다. 하지만 입시 학원 강사에게 저녁 공연은 사치였다. 피나 바우쉬의 공연 영상을 본 적은 있지만 깊이 알지 못하는 이야기를 꺼내고 싶지는 않았다. 강아지가 청년의 손가락을 물었다. 이가 여물지 않아 아프지 않을 것이다. 청년은 손가락을 빼더니 강아지의 털을 꼬았다.

"초청까지 받다니 대단하네요."

"저를 좋게 보신 것 같아요. 안무가 선생님 만날 생각에 떨려요. 배우 신체와 무대를 연결하는 능력이 진짜 탁월한 분이에요. 바위 하나 물방울 하나도 무대에서는 존재감이 다르잖아요. 동작과 배경을 연결시키면 완전히 다른 게

탄생하는데, 그게 대단하게 느껴져요. 열심히 해보려고요."

어느새 강아지는 청년의 품에서 졸고 있었다.

"사실은 유럽에 가는 게 처음이라서 그냥 좋아요. 공항부터 완전 기대돼요."

해원은 청년의 손에서 눈을 떼지 못했다. 그걸 깨닫자 당황스러워 황급히 인사를 건넸다. 청년도 자리에서 일어났다. 자신감 있는 입매에 비해 행동은 다소 수줍었다.

"전 사실 여기 와본 것만으로도 좋아요. 이런 데 사는 분도 뵙고. 정말 성공하신 것 같아요."

손에 든 가방을 자세히 보니 돗자리였다.

"이따가 광장에 가려고요."

집회에 갈 모양이었다. 해원도 그곳에 가고 싶었다. 가면 분명히 아는 얼굴이 있을 텐데. 하지만 브리제 하임과 시내의 광장을 오가는 일은 너무나 멀게 느껴졌다.

청년이 뒤를 돌아설 때 해원은 엄지손가락이 유독 밥주걱처럼 뭉툭했던 옛 애인을 떠올렸다. 사법고시 준비생이었던 그는 7년 만에 고시에 합격했고 대형 로펌에 들어간 지 6개월 만에 이별을 통보했다.

"미안해. 돈은 갚을게. 보상은 꼭 해줄게."

통속 드라마의 주인공이 되는 건 생각보다 쉬웠다. 해원은 그 주인공이 자신이라는 사실에 어안이 벙벙했다. 그에 걸맞게 그의 뺨을 올려붙였더라면 좋았을 걸, 생각한 적도 있었다. 돌이켜보면 뒷바라지라고 할 것도 없었다. 밥을 사고, 책을 사 주고 시간과 몸을 나눈 것이 전부였다. 그때는 그게 최선이었다.

그의 죽음을 알게 된 건 이별 통보를 받은 지 2년이 지나서였다. 간암이었다. 입원한 지 3개월 만에 손 쓸 겨를도 없이 떠났다고 들었다. 얼결에 장례식에 갔을 때 그의 엄마가 울면서 해원의 손가락에 끼워준 게 이 반지였다. 무릎이 휘청거렸다. 어떤 자세도 취할 수가 없었다. 그가 나를 떠나지 않았더라면, 나와 결혼했더라면, 그랬다면 어땠을까. 혹시 병에 안 걸릴 수도 있지 않았을까. 부질없는 생각도 했었다. 그와의 섹스가 어땠는지 가물가물했다. 하지만 가끔 뒤집어지던 새된 목소리라던가, 엎드려 자다 깼을 때 팔을 저려 하던 모습이나, 한 개비밖에 남지 않은 담배를 아껴 피우던 모습, 젓가락질을 제대로 하지 못해 포크를 찾던 모습은 기억에 남아 있다. 같이 자고 났을 때 동그랗게 솟아 있던 이불 속의 온기라든가, 목 뒤에서 훅 불어오던 입김의 감촉도 생생했다.

해원은 대학에 들어가자마자 알았다. 자신은 천재도 아니었고, 교수들의 그림을 사줄 수 있는 형편도 아니었다. 그림을 그리기 이전에 살아나갈 방법을 찾아야 했다. 그림이라니, 천재라니. 그런 말이 살아 있기는 한가. 어느덧 실체는 사라지고 개념만이 횡행했다. 다들 자신을 서포트해줄 곳, 혹은 사람을 찾아 나섰다. 해원도 예외는 아니었다. 스폰서라는 게 나쁜 제도는 아니었다. 볼테르와 루소에게는 퐁파두르 부인이 있었고, 가우디에게도 구엘이 있었다. 해원은 모마에, PS1 갤러리에, 퐁피두 센터에 혹은 테이트 모던에 걸릴 자신의 작품을 늘 구상했지만, 결국 미술학원 입시 강사로 살았다. 꿈을 저버린 적 없다고 말했지만 실은 덜 비루하기 위한 방편에 불과했다. 그때 작품을 사주던 은행장 출신의 중년 남자를 계속 만났더라면 어땠을까.

바게트는 너무 딱딱했다. "절대 앞니로 뚝뚝 뭐 씹지 마세요." 이가 닳고 있다고, 나중에는 다 사라져버릴지도 모른다며 치과 의사가 반 농담처럼 했던 말을 떠올리자 입맛이 뚝 떨어졌다. 문득 광장에 간 청년의 가지런한 치열이 눈앞에 아른거렸다. 덜 자란 이빨로 청년의 손가락을 물던 강아지도, 때에 절어 있던 스니커즈도, 비어 있던 생수병까지도. 해원은 빵을 먹다 말고 코트를 집어 들었다. 어둠이 서서히 내려앉는 브리제 하임 정원에는 가족들이 나와 저녁 산책을 하고 있었다. 개를 끌고 다니는 사람들도 제법 됐다. 해원이 브리제 하임 정문에 대기하고 있는 택시에 올랐을 때 가로등이 순차적으로 켜지기 시작했다.

"고가도로 좀 넘어가주세요."

해원의 말에 택시 기사는 왜 그 동네에 가느냐고, 거기는 개발이 무산되어 완전 할렘이 되었다고 말했다. 해원은 대꾸하지 않았고 기사도 곧 침묵했다. 워낙 짧은 거리였다. 해원은 정류장에 서 있던 트럭을 찾았다. 시동을 건 상태였지만 다행히 같은 자리에 있었다. 해원은 급하게 운전석을 두드렸다.

"아줌마 내 다시 올 줄 알았어요. 이렇게 주는 데 없다니까."

트럭은 노점에 가까웠지만 증서며 싸인이며 할 게 많았다. 해원은 그가 전대에서 꺼내 준 육십오만 원을 받아들었다. 돌아오는 길에 청년에게 문자를 보냈다.

[내일 개를 데리고 와요.]

개를 죽이는 건 젊은이가 할 일이 아니었다. 0.1초도 지나지 않아 네, 감사합니다, 답문이 왔다. 버스에서 멀리 보이는 브리제 하임은 붉은빛과 검은 그림자로 이루어져 있었다. 그 모습이 고성처럼 웅장했다. 해원은 중국 하문 지방의 토루를 떠올렸다. 외부 적들이 침입하지 못하도록 쌓은 씨족의 성.

다음 날 해원을 깨운 건 제자의 전화였다. 리치 얘기를 좀 하다가 또 아이들과 보내는 미국 생활의 근황, 자기도 무슨 일이든 시작해야 할 것 같다는 푸념 아닌 푸념이 대부분이었다. 제자의 남편은 검사였지만 학원 사태에 대한 코멘트는 없었다.

"참 마사지는 선생님이 그냥 받으세요. 어차피 취소해도 환불 안 돼요. 팁은 따로 주지 마시고요."

전화를 끊고 해원은 찬찬히 집을 둘러봤다. 장식장에는 해원이 권해준 책이 가지런히 꽂혀 있었다. 이사 후 책꽂이를 뭘로 채우면 좋겠냐고, 전집을 진열하고 싶지는 않다고 해 별생각 없이 목록을 말해준 적이 있었다. 장식으로 더 돋보이는 책들이었다는 걸 이 집에 와서 알게 됐다.

액자 속에는 남매가 웃고 있었다. 남자애는 제자와 입매가 닮았고, 여자애는 전체적 느낌이 비슷했다. 제자는 남편과 싸워도 시댁과 문제가 생겨도 해원에게 전화를 해오곤 했다. 외동으로 자라서인지 친언니 같다며 해원을 의지

했다. 만나는 일은 별로 없었고 공유한 지인들은 전혀 없었다. 어떨 땐 자신이 아무도 모르는 벽장 속 친구 같다고 생각했다. 한 번도 만나보지 못한 사람들에 대해 듣다 보면 어지러웠다. 제자는 투덜대다가도 상대가 버거워하는 눈치가 보이면 말을 조심했다. 천성이 순한 애였다. 하긴 순하지 않을 이유가 없었다.

클럽하우스에 내려가기도 밥을 하기도 귀찮아서 라면을 몇 입 먹고 있을 때 인터폰이 울렸다. 마사지사였다. 문을 열어주고 서둘러 라면 국물을 들이켰다. 마사지사는 이 집에 해원보다 더 익숙했다. 해원이 한 번도 들어가 본 일이 없는 파우더룸 문을 열더니 싱글 침대에 누우세요, 했다.

"클렌징부터 해드릴게요."

관리사는 능숙하게 해원을 발가벗겼다. 일회용 팬티로 갈아입은 채 누워 그녀의 손길에 몸을 맡겼다. "아로마 오일입니다…… 들이마시세요…… 다시 숨 한 번 내쉬시고요……" 그녀가 시키는 대로 하니 시간이 잘도 흘러갔다. 잠이 왔다. 몸에 누군가의 손길이 닿는 게 얼마 만일까. 마지막 코스로 얼굴에 모델링 팩을 하고 누워 있을 때 관리사가 말했다.

"작은 사모님 언니시라더니 피부 결이 참 좋으시네요.

이 집안 피부가 다 그래요."

이 집안 피부라니. 굳어가는 팩 때문에 입을 뗄 수 없는 게 차라리 다행이었다. 마사지사가 돌아간 후 해원은 옷을 꺼내봤다. 원피스는 너무 차려입은 느낌이었고, 어제와 똑같이 입기는 싫었다. 젊어 보이되 젊어 보이려 애쓴 것처럼 느껴지지 않는 그런 옷을 입고 싶었다.

제자의 드레스룸을 열어봤다. 옷이 너무 많았다. 대체로 블랙, 브라운 톤이라서 그게 그 옷 같았지만 조금씩 달랐다. 해원은 브라운 컬러 블라우스를 집어 들었다. 잠깐만 입고 다시 걸어둔다면 괜찮을 것이다. 화장대에 앉아 분무기로 머리에 물을 좀 뿌린 후 항상 갖고 다니는 낡은 구루프를 말았다. 거울에 비친 얼굴이 동글동글한 한 마리의 검은 양 같았다.

흰 티에 청바지를 입고 온 청년은 또 생수병을 들고 있었다.

"산책할까요? 집회는 잘 다녀왔어요?"

해원은 강아지에게 목줄을 씌우고 정원으로 향했고 청년도 해원을 따랐다.

"네. 공연도 하고 재미있었어요. 저는 광장 끝까지 행진은 못 했어요. 독일 가기 전에 하던 과외를 마무리해야 해서요."

해원은 집회에 대해 더 물으려다 말았다. 매스컴에서 실시간으로 중계를 해주고 있었다.

"개 키워주신다니 정말 감사해요. 와, 그런데 오늘은 분위기가 또 완전 달라요. 어제보다 더 예쁘세요."

정원 여기저기를 두리번거리며 청년은 말을 이어갔다.

"이런 데서 살게 되다니, 애한테는 행운이네요."

키울 거라고는 말하지 않았다. 해원은 화제를 돌렸다.

"춤추는 사람은 뼈 모양도 다르다던데 사실이에요?"

청년은 잠시 뭔가 생각하더니 크게 웃었다.

"니진스키처럼요? 글쎄요. 제 손자의 손자의 손자까지 모두 무용을 한다면 새 뼈 같은 구조를 갖게 될지도 모르죠. 그런데 제 춤은 몸을 변형시킬 것 같지는 않아요. 신체 훈련은 기본이지만 다른 걸 많이 접하는 게, 이를테면 음악을 많이 듣는 게 더 큰 자산이죠."

무용도 미술과 같았다. 데생은 기본이었지만 어느 시기에 도달하면 더는 중요하지 않다. 그러고 보면 과거는 늘 사라졌다 복원됐다. 시류를 따라다니면 아무것도 얻을 수 없었다. 오직 자신이 하고 싶은 말을 묵묵히 해나가야 했다.

해원도 이십 대에는 그랬다. 그러나 오래 말하지 못한 입은 그대로 굳어버렸다.

"물을 많이 마시나 봐요. 늘 물통이 비어 있네요."

청년의 손에 있는 빈 생수통을 보며 말하자 청년이 답했다.

"아, 이거요. 소리 때문에 갖고 다니는 거예요."

청년은 생수통 뚜껑을 연 후 입구에 바람을 담는 것처럼 흔들었다.

"걸어 다니면서 이 안에 바람을 담는 거죠. 움직임의 방향과 속도에 따라 바람 소리가 달라지거든요."

청년이 물병을 공중에 휘젓자 정말로 생수통에 바람이 담기는 소리가 들렸다.

정원의 산책 코스를 몇 걸음 더 걸을 때 사이렌 소리가 들리더니 곧 구급차와 구조대가 들이닥치며 순식간에 산책의 고요가 깨졌다. 해원은 그제야 정신이 들어 핸드백에서 봉투를 꺼내 청년에게 건넸다.

"리치는 아니지만, 요긴하게 쓰도록 해요."

청년은 한사코 거절하다가 결국 봉투를 받아들었다. 몇 번이나 고맙다고 고개를 굽혔다. 돌아가는 뒷모습은 신이 나 보였다. 해원은 청년에게 꿈을 이룬 후에도 삶이 계속된다는 말을 해주고 싶었지만, 그만두었다.

로비가 어수선했다. 사람들이 떠드는 통에 해원은 구급차의 주인공이 2층의 노교수란 걸 알게 됐다. 그럴 수 있는 나이라고 생각했다. 짤랑거리던 동전 소리가 생각났다.

집에 들어가 강아지를 내려놓았다. 제 처지를 아는지 모르는지 강아지는 거실을 휘저으며 뛰어다녔다. 리치가 먹던 사료를 꺼내 주자 여기저기 흘리며 씹었다. 그러다가도 혀를 내밀고 멈춰 서 꼬리를 치며 해원을 바라봤다.

해원은 다음 날 인터넷에서 '휘트먼을 전공한 모대학 노교수가 자택에서 자살했다'는 뉴스를 접했다. 갑자기 발이 시렸다. 습관적으로 손가락에 손을 댔지만 허전했다. 반지 자국이 생각보다 깊이 파여 있었다.

곰 같은 뱀 같은

"상주를 오게 해서 미안해."

온유가 테이블에 앉으며 말했다. 하지만 온유는 내가 죽었다고 해도 오지 못했을 것이다. 그게 간병인의 삶이고 불과 한 달 전까지 나도 마찬가지였다.

"이거 정말 고소하다. 아침에 그 닭이 낳은 거야?"

나는 터진 달걀노른자를 빵으로 닦아 입에 넣으며 말했다. 이게 우리의 인사법이었다.

"신기해. 정말 해가 뜨기 직전에 막 시끄러워지더라."

내 말에 그렇지, 조용할 것 같은데 시끄럽기 짝이 없지? 하며 온유는 웃었다. 원래 이토록 잘 웃었던가. 온유가 손수 차려준 게스트하우스 조식을 다 먹어가는 참이었다. 직접 만들었다는 피 같은 오디즙이 달았다.

온유의 얼굴이 눈앞에서 입체적으로 움직이는 게 신기

했다. 우리 둘은 아주 오랫동안 만나지 못했다. 나는 손가락을 뻗어 콧날을 훑고 싶은 것을 참았다.

꼬옥꼬옥 꼭꼭. 시골의 아침은 정말 닭 울음소리로 시작됐다. 아침의 그 소음 속에는 어떤 여자의 울음소리도 포함되어 있다. 밤의 울음 혹은 아침의 울음. 이상한 통곡. 그소리에 대해서는 말하지 않았다. 어쩌면 옆방 여자의 울음소리가 아닐 수도, 사람의 소리가 아닐 수도 있다. 낯선 곳의 환청이라 해도 이상할 것 없다. 사실 울음소리는 위험하지 않다. 무서운 것은 침묵이다. 아무 소리도 들리지 않을 때가 문제다.

"그런데 말야. 나는 그렇게 생각해. 위로받기 위해서는 움직여야지."

걷기만 해도 박수받을 수 있는 건 짐승의 시절뿐이다. 말을 배우기 전의 시간. 언어의 시간으로 건너오면 모든 것이 달라진다. 세상은 다채롭고 재밌지만 그만큼 사나운 면모도 갖추고 있다. 그래서일까. 때때로 말하는 것을, 걷는 것을, 생각하는 것을 포기하는 사람도 있다. 짐승의 시간으로 돌연히 걸어 들어가 버리는 사람들. 나와 친구를 낳아준 사람들이 그랬다.

우리가 처음 만났을 때는 병을 앓고 있는 비슷한 연배

의 어머니를 둔 소녀들이었다. 시간이 꽤 흘렀다. 처음 통성
명을 한 후 가끔 언니라고 불렀지만 정확히 몇 살 손위였는
지 기억나지 않았다. 병원 친구에게 그런 건 크게 중요하지
않았다. 그래봤자 한 세기에 살고 있었다. 왕가위와 우디 앨
런은 스무 살도 더 차이가 나지만 훗날 동시대 감독들로 분
류될 것이다.

"편하게 가셨어?"

온유의 질문은 의례적 인사가 아니었다. 진짜 궁금한
것이다. 반사적으로 고개를 끄덕였지만 편한 삶이 없듯 편
한 죽음도 없다. 힘겹게 살다 힘겹게 죽고 뜨겁게 타버렸다.
엄마가 남긴 것은 금속 관절 몇 개가 다였다. 토스트를 한
쪽 더 집어 들었다. 빈소에서부터 왕성해진 식욕이 아직 가
라앉지 않았다. 빵을 씹는 입이 팍팍했다.

"이거 좀 마시자."

우유를 반쯤 따른 잔은 차가웠고 온유의 손도 차가웠
다. 우유를 마시고 입가를 손으로 훔쳤다. 빵 부스러기가 묻
은 턱이 꺼끌꺼끌했다. 순간 어떤 얼굴이 떠올랐다. 무거운
얼굴. 촉감도 거짓말을 한다면 그저 그림자일지도 몰랐다.
기억도 일종의 상상이니까.

내가 온유의 게스트하우스를 찾아온 건 엄마가 죽고,

상을 치르고, 사망신고를 하고, 집을 정리하고 나서 그리고 또 더 무엇을 해야 할지 난감했기 때문이다. 간병인이라는 본분이 사라졌다. 긴 휴식을 얻었지만 우왕좌왕했다. 가족은 엄마가 전부였고 옛 친구, 옛 동료는 그야말로 '옛'에 불과했다. 당분간일지는 모르지만 어쨌든 아무것도 결심하고 싶지 않았다. 그러다 병원에서 만났던 온유를 떠올렸다. 요양원 근처에서 게스트하우스를 하며 늙은 아이 둘을 돌보는 친구.

연락이 닿아 짐을 챙기며 함께했던 시간들을 떠올렸다. 병원에서 공포와 마주치면서 '우리는 같은 동굴 안에 있어' 하며 손을 잡았던 것도 같다. 잠깐 스친 인연이지만 끊임없이 핸드폰의 작은 창으로 안부를 묻고 위로했다. 그리고 그 세계에서만은 누구보다 각별했다.

짐을 벗은 나는 홀가분했지만 한편으로는 온유의 유예된 시간이 부러웠다. 부럽다는 말은 매우 적절치 않지만 그랬다. 앞으로 나는 무엇으로 살지. 대신 이렇게 말했다.

"이제 나는 고아야."

말해놓고도 헛웃음이 났다. 친구도 "그래, 고아네, 어떡하니 불쌍해서" 웃음기를 거두지 못하고 말했다. 우리는 남은 우유로 건배했다.

나의 엄마는 죽었고, 온유의 엄마는 아직 살아 있다. 무엇이 축복일까. 지난밤 그런 생각을 했다. 하지만 생각을 더 펼치기도 전에 그 밤은 잠 속으로 지나갔다. 아침에 일어나 짐을 풀며 다른 건 몰라도 여행은, 여행 가방은 축복이라고 생각했다.

"시작에서 끝까지 도무지 알 수가 없어. 왜 이런 일이 벌어지는 거지?"

거의 모든 병이 그렇듯 알츠하이머도 유전 가능성이 크다. 운이 좋다면 피하겠지만 그렇다고 뭐가 얼마나 더 나을까. 병에 대한 공포에 시달리다가 언젠가부터 이런 생각도 놓아버렸다. 그 가운데 얻은 한 가지 진실은 삶은 그렇게 오롯하지도 명징하지도 않다는 점이다. 투박하고 느닷없다.

"어쩌면 이런 게 사람들이 말하는 '자연스럽다'는 거겠지?"

내 말에 온유가 답했다.

"응, 아마도. 자연은, 자연은 무서우니까. 그런 의미라면 맞을 거야."

그때 열린 문틈으로 말티즈 한 마리가 달려와 친구 무릎으로 뛰어올랐다. 무릎. 엄마가 좋아했던 단어 무릎.

"무릎이 켜져 있네."

어느 날 엄마가 스탠드를 무릎이라고 불렀다. 그때 나는 엄마가 시인이 되었다고 생각했다.

파킨슨병을 앓은 온유의 엄마는 컵을 제대로 들지 못하던 것이, 쥐여주면 덜덜 떨던 것이, "내 손이 왜 이러니?" 했던 것이 시작이었다.

"개 별로 안 좋아했잖아."

개는 별로야. 애정을 갈구하는 모습이 뭐랄까 비굴해. 온유는 개를 보면 비위가 상한다고 말한 적이 있다. 왜 그런 오래전의 사소한 말은 또렷하게 떠오를까. 하지만 말하고는 이내 후회했다. 인생을 저당 잡힌 사람에게 삶의 기호란 중요하지 않다는 걸 누구보다 잘 알고 있다. 나는 루벤스를 좋아해, 멘디니를 보면 의자가 된 것 같아, 바람 부는 밤에 방 안에서 팔라산토 태우기를 좋아해, 파도가 거센 푸른 바다를, 비 냄새를, 허브를, 치자꽃 향과 살구향이 섞인 향수를, 두꺼운 면으로 삶은 국수를 좋아해. 좋아해 타령은 자기애가 강한 철없는 중학생이나 할 수 있는 거다. 개를 싫어했던 친구가 개를 키운다면 그것은 좋고 싫고의 문제는 아닐 거다.

나의 엄마는 세상을 떠났고 친구의 엄마는 아직 세상에 남아 있다.

따뜻한 무릎에서 얌전해진 강아지를 바라봤다. 머리통이 주먹만 했다.

"동물이 되어야 한다면 뭐가 되고 싶어?"

온유가 물었다.

"글쎄. 다시 태어나는 걸 이야기한다면, 가능하면 다시 태어나지 않는 쪽이 좋지."

"아니. 그런 게 아니라 동물로 변해야 한다면. 살아 있다가 말이야. 얼마 전에 그런 영화를 봤거든. 짝을 잃은 사람들이 강제로 가야 하는 호텔이 있어. 그곳에서 45일 안에 제 짝을 찾지 못하면 동물로 변하게 돼. 불행 중 다행은 변신할 동물을 자신이 선택할 수 있다는 거지."

"잔인한데? 그렇다면 나는 나무늘보가 좋겠어. 아니, 펭귄이 나을까. 매끈하고 뒤뚱뒤뚱 귀엽고."

"이런 외모지상주의자."

온유가 살짝 눈을 흘겼다.

"영화 속 주인공은 랍스터가 되고 싶다고 했어. 100년 이상 살고 평생 교미한대. 그런데 개가 되고 싶은 사람이 가장 많아. 그래서 세상에는 개가 많다는 소리를 하려고 했어."

강아지는 온유 품에서 꾸벅꾸벅 졸고 있었다.

"개 이름이 나로?"

"응, 나로. 아름답게 늙어가라고 그렇게 지었어. 걔는…… 여전히 별로야. 하지만 나로는 달라."

이 말이 '내 곁에는 나로뿐이야'라고 들렸다.

"그나저나 나로는 이렇게 가까이서 음식 냄새를 맡으면 괴롭지 않을까."

"아니야. 애들은 음식 냄새 맡는 거로 스트레스를 푼대. 오히려 냄새를 못 맡게 하면 미칠걸? 참, 우리 나로, 얼마 전부터 생리도 한다. 다 컸지."

그때 삐걱 나무 문이 열렸고 누군가 들어왔다. 긴 보라색 스카프에 귀걸이며 목걸이며 장신구에 게다가 하이힐까지. 외국인이었다. 피부색으로 보아 남미 쪽인가? 그녀가 곁으로 오자 향신료 냄새가 훅 끼쳤다. 온유가 일어나 "커피?"하고 묻자, 그녀는 "예스, 커피 위드 밀크"하며 토스터에 빵을 넣고 버튼을 눌렀다.

그녀의 목소리를 들으며 한밤의 울음소리를 떠올렸다.

"어떡하지? 우유가 떨어졌네. 아까 그게 마지막 남은 거였어."

온유는 냉장고 앞에서 울상을 지었다. 난 안 마셔도 됐는데. 미안해졌다. 게스트는 "커피 위드 밀크" 같은 말을 반복하며 카운터에 서서 기다렸다. 우유를 줄 때까지 꼼짝 않을 기세였다. 보다 못해 내가 사 오겠다고 일어서자 친구는 "아냐, 단에게 오는 길에 사 오라고 하면 돼"라고 답했다.

단이라는 이름이 발음되는 순간 손님의 동공이 커졌다. 친구는 우유를 준비할 테니 기다려도 좋고 그냥 지금은 아메리카노를 마시고 오후에 라떼를 한잔하는 것이 어떻겠냐고 했다. 하지만 그녀는 하루에 커피를 한 잔 이상 마실 수 없으니 기다렸다가 라떼를 먹겠다고 고집했다. 나는 온유의 참을성을 지켜봤다. 파킨슨병 환자를 돌보는 사람에게 참지 못할 일은 별로 없다. 내 환자를 멸시하는 사람 외에는 거의 다 견딜 수 있는 것이다. 그녀는 방으로 돌아갔고, 온유는 단에게 전화를 걸었다.

"단?"

"아, 동네 청년인데 일을 봐주고 있어. 본명은 모르겠고, 그냥 모두들 단이라고 불러. 일주일의 반은 여기서, 나머지는 저 위 산에서 지내."

"산?"

"응. 아버지가 산에서 도를 닦는다는데 내가 볼 땐 그냥 이상한 사람이야. 여기서 일해서 버는 얼마 안 되는 돈을 전부 아버지에게 쓰고 있지."

서로를 옭아매는 방식은 다양했다.

"나도 할 말은 없어. 적은 돈으로 그 친구를 부려 먹고 있으니까. 도시로 떠나버리면 내가 당장 손해니 어쩔 수 없어. 남자가 필요하니까. 대신, 대신 나는 그에게 피아노를 가르쳐."

그제야 구석에 있는 야마하 피아노가 눈에 들어왔다. 피아노를 치는 온유를 상상해 봤다. 그리고 그 자리에 단이라는 얼굴 모르는 청년을 앉혀본다. 한쪽만의 필요로 만들어지는 관계는 없다. 잠깐은 가능해도 그렇게 시작해서는 오래갈 수 없다. 온유와 단은 각각의 이유로 서로에게 기대고 있다.

"오랜만에 뚜껑을 열었는데 손가락이 기억하고 있더라고. 근데 그 친구, 나와는 비교가 안 돼. 타고 난 재능이 있어."

"그런데 저 사람은 누구야? 어느 나라 사람이야?"

내 말에 온유가 되물었다.

"너 혹시 시인 중에 아는 사람 있어?"

시인? 고개를 갸웃했다. 무엇보다 나는 아는 사람이 별로 없었다. 대부분 랜선 친구들이었고 근래에 가장 많이 만난 사람은 의사와 간호사, 간병인 그리고 원무과 직원이었다. 오히려 나보다는 온유가 아는 사람이 더 많지 않을까.

게스트하우스를 하고 있으니.

"이집트에서 온 시인이야."

"이집트? 피라미드 그 이집트?"

친구는 고개를 끄덕였다. 좀 전의 게스트와 스핑크스가 어쩐지 닮았다고 생각했다. 물론 직접 본 적은 없지만, 웅장하고 완고한. 이집트 시인은 고마운 장기 투숙객인 동시에 진상 손님이었다. 물이 뜨겁다 차갑다, 수건에 올이 풀렸다, 왕릉에 가고 싶다, 염전을 보고 싶다, 공동묘지에 가고 싶다, 요구가 많았지만 아무도 없는 것보다는 나았다.

"무엇보다 화를 잘 내. 그게 이집트인의 방식인지 시인의 방식인지 잘 모르겠어."

핑계는 필요하지만 그건 나쁜 방식의 분류였다. 스카프를 두른 사람은 이렇고 하이힐을 좋아하는 여자는 어떨 것이다라는 것과 다르지 않았다. 바닷가에 사는 사람, 콩을 좋아하는 사람, 개를 키우는 사람은 어떻다는 각자의 통계에 불과했다. 그리고 그게 편견이 된다.

"그냥 저 사람이 그런 사람인 거겠지."

내 말에 온유도 고개를 끄덕였다.

"여기가 완전 시골이잖아. 마트 가려면 차 끌고 삼십 분인데 한 번쯤 우유 없이 먹으면 얼마나 고맙니. 물론 손님이 원하는 대로 해줘야 하지만 이럴 땐 좀 당황스럽지. 한밤중에 방에 나방이 들어왔다고 호들갑을 떠는 바람에 단을 부른 적도 있어. 내가 잡아준다고 해도 요지부동. 그런 건 남자가 해야 한다고."

이집트 시인이 울음소리의 주인공은 아닌 것 같았다. 낮에 고함을 잘 지르는 여자라면 밤에 잘 잘 것이라는 나의 통계 그리고 편견.

"근데 이름이 뭐야? 태어나서 이집트 사람은 처음 봤어."

"나도 처음이야. 이름은 오르리 미한이야, 오뤼 미한. 미한이라고 부르면 돼."

"오리 미안?"

*

"다녀와."

온유는 요양원에서 온 연락을 받고 황급히 나갔다. 내가 머무는 동안에도 몇 번을 더 오갈 것이다. 친구의 엄마는 아직 죽지 않았다. 나처럼 오르리 미한처럼 나로처럼 마당의 닭들처럼 아직 살아 있다. 밤낮없이 달려갔던 병원을 떠올렸다. 오랜 보호자 생활에서 얻은 건 운전 실력과 강한 비위다. 언제나 대기해야 하니까. 사람의 몸이 얼마나 나약하고 질긴지, 그 몸을 통과하는 모든 것들을 봐야 하는 게 간병이다.

"은유 씨 친구는 처음 봐요."

배웅하고 돌아서는 내게 청년이 말했다.

"은유가 아니라 온유죠."

웃으며 답하자 그는 정색했다.

"무슨 소리예요, 은유죠. 제가 그 이름을 얼마나 좋아하는데요. 은유."

현기증이 났다. 친구의 이름이 두 개다. 아니 한 사람은 틀렸다. 아마 나일 것이다. 이름을 부를 일은 없었으니까.

단은 도끼질을 시작했다. 아직 오지 않은 겨울을 위해 틈나는 대로 장작을 만들어둔다. 계절은 꼭 오고야 마니까. 쿵 하고 치면 쩍 갈라지는 소리에 리듬감이 느껴졌다. 쿵. 쩍. 쿵. 쩍. 리듬을 타는 청년을 쪼그리고 앉아 나로를 쓰다듬으며 바라봤다. 티셔츠 안쪽으로 언뜻 보이는 근육, 하나로 질끈 묶은 머리, 오직 통나무를 베기 위해 태어났다는 듯 무심한 표정, 그리고 도끼질. 세상에 이 시대에 도끼질이라니. 아침에 했던 동물 이야기 때문일까. 청년을 보면서 당나귀를 생각했다. 당나귀는 무엇으로 자신을 보호할까. 뿔도 보호색도 없는데. 발이 빠른가. 아무것도 없어서 말보다 작은 몸으로 짐을 지고 다니는 건가. 나는 어떤 쪽에 가까울까. 토끼나 다람쥐처럼 뭔가 작고 겁 많은 동물? 의외로 뱀 같을지도 모르겠다. 의외라니 그것도 착각이다.

"이런 미련 곰탱이."

어릴 적 엄마가 자주 했던 말이 생각났다. 곰탱이. 그럼 곰에 가까운가.

"배우시라면서요?"

한없이 생각이 이어질 때 쿵, 쩍, 그가 물었다. 배우. 그렇지. 내가 배우였지. 한 편의 상업 영화와 두 편의 독립 영화에 출연한 게 이력의 전부지만 분명히 배우였다. 자연스럽게 이뤄진 일이라서 그것이 얼마나 얻기 어려운 기회였는지 그때는 몰랐다. 문제는 처음 찍은 영화였다. 백혈병에 걸린 여공 역을 맡아 평도 나쁘지 않았는데, 그 다음 계약을 하지 못했다. 내가 반체제 성향의 아티스트로 분류됐다는 사실은 후에 알았다. 그것은 잠시 맡은 역할에 불과했는데. 본의 아니게 반체제 성향—이런 말을 해도 된다면—감독들의 독립 영화에만 캐스팅이 됐다. 결국 내 사정으로 일을 할 수 없게 되었지만, 그 생각을 하면 언제고 분했다.

그때까지의 나는 순체제의 상징이라고 해도 무방했다.

삭발을 하고도 예쁘게 보이려고 얼마나 애썼는데. 그래서 감독에게 호되게 혼나기도 했던 게 그때의 나다.

나는 백혈병에 걸린 여공이 아니다. 나는 스님이 아니다. 나는 반체제 인사가 아니다. 나는 곰탱이도 뱀도 아니다. 그리고, 그리고 이제 나는 배우도 아니다.

쿵. 쩍. 쿵. 쩍. 반복적인 도끼질을 계속 주시하는데 한 여자가 보였다. 옆방 여자인 모양이었다. 짧은 머리를 노루꼬리처럼 잡아 묶었다. 눈인사를 나눴다.

"야, 저리 가!"

그때 청년이 갑자기 도끼를 휘둘렀다. 큰 개 한 마리가 마당으로 달려 들어오는 참이었다. 개는 몸은 흰데 눈, 코, 입 주변이 검어 얼굴을 닦아줘야 할 것 같았다. 나도 모르게 내 얼굴에 손이 갔다. 검은 얼굴의 개는 나로를 바라봤다. 그 눈빛은 사람에게서는 본 적 없는 눈빛이었다. 나로에게 가지 못한 개는 짖기 시작했고, 그 소리에 온 동네 개들이 화답하듯 울고 또 짖어댔다. 하지만 개들의 만남은 이루어지지 못했다. 단이 나로를 번쩍 들어 식당에 두고 왔기 때문이다.

"호시탐탐 나로를 노리는 녀석이에요. 은유가 아주 싫어하죠."

마당의 잠자리 떼는 아랑곳하지 않고 쌍쌍이 붙어 공중을 날았다. 그때 뒤꼍에서 비명이 들렸다. 달려가자 오리, 아니 오르리 미한이 나동그라져 덜덜 떨며 스네이크, 스네이크를 반복했다. 손가락으로 가리키는 방향을 바라봤지만 뱀은 보이지 않았다. 다만 스커트 밑자락으로 늘어진 그녀의 다리가 뱀처럼 보였다. 놀라서 허둥대다 자갈밭에 하이힐이 낀 모양이었다. 단은 그녀를 부축해 방에 눕혔고, 곧 다시 나와 응급 상자를 들고 들어갔다. "남자가 필요하니까" 은유의 말이 떠올랐다. 도와줄 게 있나 싶어 미한의 방을 들여다볼 때 그녀가 커튼을 확 쳤다. 그리고 곧 깔깔대는 소리가 들렸다. 단은 그 방에서 한참 나오지 않았다.

"산책갈까요. 해가 짧아져서 가려면 지금 가는 게 좋겠어요."

그때 옆방에 묵던 노루 꼬리 머리의 여자가 어느새 밖으로 나와 말을 걸었고 나는 따라나섰다. 딱히 할 일도 없었다. 그녀는 앞장서 빠르게 걸었다. 숲이 나오자 그녀는 덤불을 헤치기도 이름 모를 나무 열매를 따기도 했고, 바닥에 떨어진 밤송이를 발로 밟아 밤을 쏙 꺼내기도 했다. 그걸 줍다 가시에 손을 찔렸다.

그녀는 왜 여기 머물고 있을까. 밤의 울음소리는 듣고

있는지, 이집트 시인에 대해서는 어떻게 생각하는지, 대화는 해봤는지 속으로 혼자 묻고 어림짐작도 했지만 재바른 발걸음을 따라 걷기에도 벅찼다. 그러다 그녀가 갑자기 멈춰 서 '쉿' 했다. 길목에 뱀 한 마리가 '서' 있었다. 녹검색 뱀은 분명히 고개를 들고 서 있었다. 나는 너무 놀라 비명조차 지르지 못하고 흐읍, 숨을 들이마셨다. 여자는 속삭이듯 말했다.

"가만히 있으면 돼요. 가만히. 절대로 먼저 물지는 않거든요. 얼마나 무서우면 물겠어요."

우리도 뱀도 그대로 서 있었다. 얼마나 지났을까 뱀이 먼저 다이아몬드 꼴의 머리를 내리고는 황급히 사라졌다. 나는 그제야 참았던 숨을 내뱉었다.

"뱀이 더 놀랐을 거예요. 우리가 훨씬 크잖아요."

옆방 여자가 말했다.

바닥이 미끄러워 하도 힘을 주고 걸어서 발목이 뻐근했다. 이제 그만 돌아가고 싶다고 생각할 때 작은 이정표가 나왔다. 서낭당 300미터. 고민도 없이 그녀는 이정표 방향으로 올라갔다. 수풀은 더 우거졌고 나는 따라나선 걸 후회했다. 하지만 고작 300미터다. 100미터 달리기를 세 번. 그게 다다.

끝까지 올라가 보니 상상했던, 그러니까 TV나 사진으로 봤던 돌무지 서낭당은 없었고 작은 집이 한 채 있었다. 리본도 초도 돌도 솟대도 없이 신식으로 지은 그냥 집 한 채였다. 문은 닫혀 있었다.

나는 일단 벽에 기대어 앉았다. 콧등을 간질이는 바람이 좋았다. 신은 다 좋은 데 사는구나, 하고 생각할 때 그녀가 물었다.

"왜 울어요?"

한밤의 울음소리를 그녀도 듣는구나.

"그거 저 아니에요. 그쪽인 줄 알았는데 저는."

그녀는 "내가 아니고 당신이에요. 매일 울고 있는 걸 알아요" 했다. 나는 뭐라고 더 답하지 못했다.

"나는 오래전 아이를 잃었어요. 하지만 이제는 울지 않아요. 울 수가 없거든요."

그 앞에서 내가 '엄마가 죽었어요.' 할 수는 없었다. 그렇다면 방에서 우는 것은 오리 미안이구나.

"그런데 사실 제가 죽인 거예요."

네? 너무 놀라서 그녀를 바라봤지만 어떤 말도 보탤 수는 없었다. 그것이 비유든 직설이든. 하긴 엄마가 아이를 죽일 기회는 너무 많다.

"관리소에 가봐야겠네요. 열어줄 거예요."

이런 작은 서낭당에 관리소가 있을까. 그녀는 평평하게 난 길로 걸어 들어갔다. 문이 뭐 중요한가. 나는 닫힌 문에 대고 작은 기도를 했다. 알 수 없는 기도. 회색 벽에는 누군 가가 벌써 낙서를 해두었다. 사람의 얼굴에 새의 몸을 가진 그 형상을 바라봤다. 새 얼굴에 사람 몸인 것보다는 그래, 백번 낫지. 몸이 새인 것이, 팔이 아니고 날개인 것이. 신식 서낭당 벽에 기대 풍경을 내려다보며 서서 나무에 사람의 얼굴을 붙여보기도, 한 시절을 지내고 바닥에 떨어진 매미 의 날개에 비둘기를, 은유의 얼굴에 코알라의 코 같은 것을 붙여보기도 했다. 뱀을 봤을 때 크게 무서웠으면서도 동시 에 안도한 것은 내가 뱀이 아니라서, 그렇게 흉측한 몰골이 아닌 것이 다행이라서 그런 거겠지. 천천히 서낭당을 한 바 퀴 돌았다. 침을 뱉거나 돌을 얹으며 액을 면하게 해달라는 기도를 드리는 곳. 그렇게 해서 액이 면해질까. 그래도 액을 두려워하는 마음은 잠시 가라앉을 터였다.

여자를 기다리며 벽에 기대 깜빡 잠이 들었다가 볕이 눈부셔 깼다. 해가 움직이고 있었다. 그녀는 아직이었다. 더 오르지 못한 언덕 쪽에 후드득 소리가 나 바라보니 노루 비 슷한 동물이 있었다. 고라니인가. 나는 들짐승을 잘 구별하지 못했고 그 짐승은 나를 한동안 바라보다 가버렸다.

　나는 그녀를 더 기다리지 못하고 해가 지기 전에 그곳에서 내려왔다.

*

　그새 사위가 어둑해졌다. 옆방 문은 굳게 닫혀 있었다. 짧은 왕복 길에 녹초가 되어 씻고 한숨 돌리며 옷을 갈아입을 때였다. 등이 따끔했다. 놀라 몸을 비틀자 등에 부슬부슬한 느낌이 들더니 뭔가 툭 하고 바닥에 떨어졌다. 지네였다. 나는 망연히 서 있었고 지네는 구석으로 사라졌다.

　처음에 따끔했던 부분이 뜨거워지더니 곧 온몸이 활활 타오르는 것 같았다. 불에 데면 이럴까. 점점 거세지는 고통에 나는 가만히 있지 못하고 비명을 지르며 풀쩍풀쩍 뛰었다. 엄마, 엄마, 아니 언니, 언니! 온유 언니—은유 언니인가?—부르다가 은유가 아직 돌아오지 않았다는 걸 깨달았다. 타는 고통이 곧 쓰라림으로 변했고 대충 웃옷만 걸친 채 식당 쪽으로 달려갔다. 응급 상자가 어디 있었는데. 피아노를 치던 단이 놀라 다가왔고 나는 "등, 등이 아파요. 지네요" 하며 훌렁 등허리를 까 보였다.

"자국을 보니 그렇게 큰 건 아닌 거 같은데, 날이 쌀쌀해져 자꾸 방에 들어가네요. 이불에서 물렸어요?"

단은 식당의 긴 의자에 무릎 담요를 깔아줬고 나는 그 위에 곤장이라도 맞을 것처럼 엎드렸다.

"티셔츠 입을 때 순간 따끔했어요."

"추워서 옷 속에 들어가 있었나 보네요. 일단 좀 닦아 낼게요."

"너무 아파요."

어디서 쿠린내가 났다.

"암모니아수로 좀 닦을게요. 아플 거예요."

천천히 훑는 그의 손길에 온몸이 더 뜨거워졌다. 그렇다고 아픔이 잦아드는 것도 아니었다. 암모니아수를 바른 후 그는 손을 뗐다.

"병원까지는 안 가도 되겠어요. 찜질 좀 할 테니 그러고 계세요. 팔이나 다리면 편한데 등이라서 좀······."

그러게 하필 등이.

"서울은 밤에도 항상 밝죠?"

그가 물었다. 얼음 팩을 올린 후 떨어지지 않게 가볍게 잡고 있었다. 나는 조명 빛에 붉어진 그의 얼굴을 올려봤다.

"서울에 딱 한 번 가봤거든요. 모든 게 놀라웠지만 제일 신기했던 건 밤에 배드민턴 치는 모습이었어요. 환한 가로등 불빛 아래서 끝없이 공을 주고받는 모습. 깃털 공이 우주의 새처럼 보였죠. 어두운 가운데 너무 환해서 기분이 이상했어요. 태어나 처음 본 풍경이라서 그런가요."

무슨 말인지 알 수가 없었다. 밤의 산책자들이 우주인 같다는 건가. 밤에 불을 밝히는 일이 도시만의 일인가. 설마 지네에 물린 일보다, 사라진 노루 여인보다, 서 있는 뱀보다 더 신기할까. 자갈길을 출렁이며 차가 들어오는 소리가 들렸다.

"방에 좀 다녀올게요. 새끼 지네 같긴 한데…… 보통 지네는 쌍으로 다니니까요."

쌍. 그렇다면 한 마리가 더 있을 수도 있다. 방을 옮겨야 할까. 단이 나가는 문으로 온유 아니 은유가 들어왔다. 사정을 듣더니 뜨거운 물수건을 만들어 왔다.

"냉온 찜질을 번갈아서 해야 돼."

앗 뜨거. 순간 자갈밭에 나동그라진 미한이 떠올랐다. 시큰둥했던 것이 미안했다. 남의 아픔이란 그런 것이다.

"그나저나 좀 어떠서?"

병원의 안부는 물어도 묻지 않아도 짜증이 난다. 은유도 그럴 테지.

"그날이 그날이지. 뭐."

두 사람의 보살핌을 받으니 어린애가 된 기분이었다.

"큰 놈 잡았어요. 문 건 새끼일 텐데 어디로 갔는지 안 보이네요."

투명한 플라스틱병에 지네 한 마리가 갇혀 버둥대고 있었다. 소름이 돋았다. 내 몸에 자국을 냈을지도 모르는 갑각류. 지네는 내가 무서워서 물었을지 모르지만 나는 지네가 무서웠다.

"그건 어떻게 할 거예요?"

"절단하든가 익사시켜야죠. 좀처럼 안 죽어요. 한약방 갖다주던가 제가 알아서 할게요."

단은 은유에게 나를 맡기고 피아노 연습을 마저 했다. 피아노보다는 기타가 어울릴 거라고 생각했는데. 그의 몸이 움직일 때마다 옷에 프린트된 초록 잎사귀가 함께 움직였다. 피아노 위에서는 지네가 마흔 개도 넘는 발로 헛춤을 추었다. 도끼질할 때는 그것 때문에 태어난 사람 같더니, 연주할 때는 또 피아노를 치기 위해 태어난 사람 같았다. 재능 있는 사람은 세상 곳곳에 숨어 있다. 숨고 싶어 숨은 것이 아니라, 무대가 멀어서 무대까지 가는 길이 너무 험해서, 그냥 있는 것이다. 내가 무대에 섰을 때 나는 그것이 온전히 나의 재능 때문이라고 생각했다.

뜨거움은 좀처럼 가시지 않았다. 여자가 들어왔는지 궁금했지만 은유도 모를 것이다. 단은 알 수도 있다. 하지만 피아노 소리가 멈추는 것은 싫었다. 〈달을 만든 남자〉를, 〈마지막 축제〉를, 〈숲의 소리〉를 듣는 것은 아픔 가운데 호사였다. 병원에서 밤샐 때 은유가 알려준 음악들을 단이 연주하고 있다. 그때 은유가 말했다.

"그런데 꼭, 단에게 등허리를 보여야 했니. 좀 참지."

수건이 식어갔다. 단의 연주는 계속됐고 나는 자세를 바꾸지 못했다. 물린 부위는 혹처럼 부풀어 올랐다. 은유는 곧 분주히 움직였다. 수건을 빤 뒤 털어서 렌지에 돌리고 새 얼음팩을 꺼내 부푼 붉은 살에 아주 차갑지도 아프지도 않게 대주었다. 간병인의 손이었다. 그렇지만 상처는 아팠다. 그러는 사이 단은 한 번도 우리 쪽을 돌아보지 않았다. 마치 피아노를 치기 위해 태어난 사람처럼 그저 그렇게 피아노만 쳤다. 나는 고개가 아프도록 단의 등을 바라보았다.

결국 은유와 단에게 옆방 여자에 대해 묻지 못했다.

등 때문에 몇 번 깼는데도 잠자리는 개운했다. 방문을 열자 시골 아침의 신선한 공기가 훅 들어왔다. 옆방 문을 두드려보았지만 기척이 없었다.

하루의 시간만큼 가을은 깊어졌다. 어제의 길을 되짚어 걸었다. 바닥에는 나비의 날개와 낙엽이 뒤섞여 있었다. 어제 없던 날개들. 서낭당 길을 다시 오를 엄두가 나지 않았으면서 나도 모르게 그 길을 걷고 있었다. 다시 어제의 시간으로 돌아가고 싶은 것이었는지도 몰랐다. 그녀의 향이 잊히지 않았다.

서낭당 이정표가 있는 곳까지는 간신히 갔지만 그 너머로는 쉽게 발이 떨어지지 않았다. 하루 만에 쌓인 낙엽 때문에 길도 잘 보이지 않았다. 나는 몇 번이나 오르다 미끄러지고 넘어지며 결국 산행을 포기했다. 등도 아팠다. 노루도 뱀도 아무것도 보이지 않았다. 산에는 죽은 것들만이 가득했다.

그렇게 소득 없이 돌아왔을 때 마당에서 나는 생경한 장면을 목격했다.

"나로! 나로! 안 돼!"

그러니까 세 마리의 사람, 아니 두 마리의 개와 한 명의 사람이 힘겨루기를 하고 있었다. 나로의 엉덩이에 얼굴이 검은 개가 딱 붙어서, 그러니까 교미를 하려는 것이다. 은유는 그 개의 엉덩이를 잡고 있어 그중 가장 이상해 보였다.

"이놈의 자식. 떨어져. 떨어지라고!"

힘껏 검은 개를 잡아끌었지만 붙은 개들은 샴쌍둥이처럼 좀처럼 떨어지지 않았다. 그 와중에도 나는 와, 저게 홀레붙은 개의 모습이구나, 신기할 따름이었다. 은유는 소용도 없는 씨름을 계속했다. 셋은 뱅뱅 돌았는데 은유는 너무나 집중한 나머지 자신의 모습이 얼마나 우스꽝스러운지 짐작하지 못하고 있는 듯했다. 벌게진 얼굴에는 땀방울이 맺혔다. 얼굴이 검은 개를 나로에게서 떼내려고 하는 게 분명했지만 내 눈에는 은유가 검은 개를 뒤에서 덮치는 것처럼 보였다.

결국 사람이 먼저 나가떨어지고 말았다. 그럴 수밖에. 겉모습이 아무리 비슷해도 결속된 것과 아닌 것은 다르다. 나로와 검은 개는 우리가 보든 말든 마저 일을 치렀다.

"내가 얼마나 고이고이 길렀는데. 시팔놈."

은유의 욕에 웃음이 터졌다. 씹을 하고 있으니 맞는 말인가. 나로가 일방적으로 당한 걸 수도 있다. 덩치 차이가 너무 났다. 하지만 이런 일에 덩치가 무슨 상관이람. 일이 끝나자 은유는 나로를 끌어안고 울었다.

"얼마나 아플까. 나로 미안해. 저 자식 삶아 먹어버릴 거야. 도끼로 찍어버릴 거야."

밤의 통곡은 사실 은유의 것인가.

"등은 좀 괜찮아?"

다시 상냥해진 은유가 물었다.

"엄만 좀 어떠셔?"

나도 등을 잊고 말했다.

"그냥 그렇지 뭐. 어제는 아버지 감기가 심해져서 입원
시켜드리고 왔어. 폐렴이 되면 노인네들은 위험하니까."

엄마가 오래 누워 있었다고 엄마 먼저 죽으라는 법은
없다. 그건 우리도 마찬가지다. 은유의 얼굴을 바라보며 늙
은 부모의 홀레를 생각했다. 어쩐지 쉽게 빠져버릴 것 같은
힘없는 관계.

"나로는?"

"몰라. 이제 제 맘대로 하라지. 그렇게 말렸건만."

나로는 개다. 대체 무엇을 어떻게 말렸다는 건가.

점심때 식당에 들어가지 못하고 풀 죽어 바깥에 앉아
있는 나로를 발견했다. 반갑게 꼬리를 흔들며 일어섰다. 나
로를 안아 들고 문을 열었다. 안에는 고소한 냄새가 가득했
다. 언제 차렸는지 테이블에는 채소며 밑반찬이 놓여 있었

다. 주방에서 은유의 목소리가 들렸다.

"미안하지만 미한 좀 불러줄래? 뜨거울 때 바로 같이 먹는 게 좋겠어."

그리고 "참, 개는 밖에 둬. 데리고 들어오지 마" 했다. 나로는 은유의 말을 알아듣기라도 한 것처럼 내 품을 파고 들었다.

미한과 나는 마주 앉았다. 닭을 기다리다 멀뚱히 눈이 마주치면 살짝 웃고는 각자 다른 곳을 보길 반복했다. 이번에는 핑크색 스카프였다. 목에 흉터라도 있는 걸까. 나는 다리는 좀 괜찮은지 손짓을 섞어 물었고 그녀는 오케이 표시를 하며 환하게 웃었다. 땡큐, 땡큐. 무엇이 고마운지 잘 몰랐지만 나도 유어 웰컴했다.

"치큰?"

미한이 백숙을 가리켰다.

"미한 너를 위해 우리가 닭을 잡았어."

잡았어? 마침 주방에서 단이 나왔다. 단이 아침의 그 닭 중 몇을 잡았구나. 아침에 먹은 고소했던 달걀이 비린내가 되어 올라왔다. 아침에는 새끼를 점심에는 어미를.

"상 치르고 힘들었을 텐데. 너도 잘 먹어야지."

은유는 닭 다리를 찢어 내 접시에 올려주었다. 미한은

단에게 이것저것 물어보며 호탕하게 웃었다. 나는 가슴살이며 다리 살을 꼭꼭 씹어 먹었다.

어디선가 옆방 여자의 향이 났다. 주변을 둘러보았지만 우리 넷뿐이었다.

닭을 한 마리씩 먹은 후 나는 아메리카노를 미한은 커피 위드 밀크를 마셨다. 은유는 미한의 방을 청소하러 들어갔고 단은 피아노를 쳤다. 미한은 피아노 연주가 끝나자 손뼉을 치며 브라보를 외쳤고 단에게 가서 볼 뽀뽀를 했다. 단은 엉거주춤 인사를 받았고, 미한은 다시 한번 격하게 포옹했다. 나는 청년의 머리에 날카로운 뿔을 달아주고 싶었다. 아니면 치타만큼 빠른 발이라도. 내가, 우리가 물리지 않기 위해서. 속도가 없으면 보호색이 없으면 결국 물테니.

오늘부로 투숙을 끝마친 미한을 배웅하고 돌아서니 나로가 행길을 향해 엉덩이를 치들고 서 있었다. 은유는 그 옆을 쌩하니 지나쳤지만 나로는 꼬리를 살랑살랑 흔들며 따라갔다. 아름답게 늙기는 틀렸지만 나로는 비로소 개가 되었다. 큰 개는 보이지 않았다.

은유는 이집트 시인이 주고 간 선물과 엽서를 보여줬다. 우리는 미한에게나 어울릴 법한 커다란 귀걸이를 귀에 대며 웃었다. 엽서에는 그녀의 얼굴이 크게 흑백으로 프린

트되어 있었다.

"유명한 시인인가 봐."

뒷면에는 우리가 모르는 글자가 적혀 있었고 사람의 얼굴에 새 몸통의 그림*도 있었다. 서낭당에서 본 그 그림이었다.

＊

여행지에서는 꿈을 많이 꾸죠.**

출연했던 영화의 대사가 떠올랐다. 영화를 다시 볼 때마다 정말 여행지에서는 꿈을 많이 꾸는지 궁금했다. 혼자 여행을 와 보니 여행지에서 꿈을 많이 꾸는 게 아니라 여행이 하나의 꿈이었다. 꿈속의 삶도 그 안에서는 그저 살아가야 한다.

미한은 떠났지만 나는 아직 남았다. 단처럼 은유처럼. 친구의 엄마는 아직 죽지 않았다. 나도 아직 죽지 않았다.

* 고대 이집트에서 영혼을 뜻하는 '바(Ba)'의 모습. '바'는 피라미드 내부에서 매일 밤 새의 모양으로 무덤에서 나와 날아다니다가 동틀 무렵 무덤으로 다시 돌아간다고 한다.
** 영화 〈최악의 하루〉의 남자 주인공 대사 변용.

곰 같은 뱀 같은

은유도 단도 마당의 잠자리도 닭들도 고개를 쳐든 뱀도 살아 있다.

남아 있는 닭이 미리 비명을 지르듯 시끄럽게 울어댔다.

에덴—두 묶음 사람

"캠핑카를 찾았어."

캠핑카라니. 제리의 전화를 받고 잠시 멍해졌다. 우리는 '어떤 면'으로 친하다면 친했지만, 다들 그렇듯 통화는 자주 하지 않았다. 수화기 너머의 온도 차를 실감했는지 제리는 다시 말했다.

"나, 제리야."

헛웃음이 나왔다. 아무렴.

"알아. 그런데 캠핑카라니?"

그때, '캠핑카'라는 단어를 내 입으로 발음한 순간, 잠시 잊고 지냈던 일들이 파도처럼 덮쳐왔다. 함께했던 펠리스 리비카 리비카 공연, 투어 버스에서의 생활, 그리고 그 일까지.

제리와 나는 불과 반년 전까지 베를린에서 알고 지낸

사이였다. 어떤 우정은 지속적인 관심과 노력으로 나날이 깊어지기도 하지만, 또 어떤 우정은 강렬한 한순간을 공유하며 순간의 점들로 연결되기도 한다. 아마도 이게 사랑과 우정의 다른 점일 것이다. 우리는 후자였다.

물론 우리가 사랑으로 가기 위한 노력을 해보지 않은 것은 아니다. 잠시 같은 절벽 끝에 서게 됐을 때 우리는 누가 먼저랄 것 없이 서로를 파고들었다. 둘 다 혼자 있는 게 무서웠고 그래서 선택의 여지가 없다는 듯 함께 밤을 보냈지만 돌이켜보면 꼭 그래야 했던 것은 아니다. 어쩌면 그런 방식으로 우리도 특별한 관계가 될 수 있다는 생각을 한 것도 같다.

결론부터 말하자면 틀린 선택이었지만 그래도 완전히 무용한 일은 아니었다. 그날의 선택은 각자 삶의 각도에 어떤 식으로든 영향을 주었다. 섹스 없는 사랑, 사랑 없는 섹스 같은 진부한 문구를 떠올리지 않더라도 '아닌 관계'가 있다는 것을 배웠다(그때나 지금이나 사랑에 대해서는 여전히 잘 모르지만 말이다).

얼마 후 나는 서울로 돌아왔고 제리는 베를린에 남았기에 서로 어색하게 볼 일은 다행히 없었다. 하지만 물리적 거리 때문이었을까. 보름쯤 지나 제리가 이국의 사진을 보내왔고 나는 다정하게 회신했으며, 이런 식의 연락은 간헐적으로 이어졌다.

그래도 통화는 거의 처음이었다(오랜만이었다).

"계속 베를린이야?"

"응."

제리는 낮에 캠핑카를 찾으러 다니거나 시위에 참여하고, 밤에는 일을 한다고 했다. 본래 제리는 길을 걷다가도 시위대가 있으면 달려가는 타입이었고, 베를린은 곳곳에 축제 같은 시위가 넘쳐났다. 밤에 무슨 일을 하는지 묻지 않았지만 제리의 생활을 상상하는 건 어렵지 않았다. 호기나 프로처럼 술집 창고를 정리해주거나, 식료품점 재고를 체크하는 아르바이트를 할 것이었으므로. 그들의 생활이 선함에도 내게 베를린은 전생처럼 아득했다. 딱 반년 전에 공간을 이동했을 뿐인데 다른 시간대로 건너온 것 같았다.

"그 캠핑카가 확실해?"

그날의 그 캠핑카라면, 우리가 헤맸던 그 젖은 익명의 숲을 다시 발견했다면 정말 대단하다고 생각했다. 제리는 캠핑카가 있는 장소를 발견하는 데는 몇 달이나 걸렸지만, 캠핑카는 한눈에 알아봤다고 했다.

"장식은 좀 떨어져 나갔지만 확실히 피니의 캠핑카야."

제리는 캠핑카를 보고 뛰는 가슴을 주체할 수가 없어 차 주변을 천천히 달렸다고 했다. '천천히 달렸다'는 말은 좀 이상했지만 충분히 상상할 수 있었다. 나는 "운이 좋았네"라고 하려다 말았다. 그게 과연 운인가. 삶의 한 시기를 비워가며 찾아낸, 그것이 과연 운의 영역일까. 우리가 운이라고 여기는 수많은 것들이 실은 오랜 염원으로 자기 자신의 일부와 혹독하게 바꿔온 어떤 소망의 결과가 아닐까.

대신 나는 "이제 어떡할 거야?"라고 물었다.

"지금은 할 수 있는 게 없어. 문을 두드렸는데, 안에 아무도 없어. 일단은 기다려야지. 일단은."

제리는 사진 두 장을 전송해왔다. 캠핑카 사진과 그걸 배경으로 한 셀카였다. 땀에 젖은 머리카락이 이마에 들러붙어 있었지만 득의만만한 표정이었다. 하지만 피니는 만나지 못했다. 피니가 캠핑카에 아직 살고 있으란 법도 없다. 그사이 우리 집 주인이 바뀐 것처럼 캠핑카의 주인도 바뀌었을 수 있다.

"서울은 비가 많이 온다며?"

캠핑카 얘기만 하던 제리가 안부를 물어왔다.

"응. 하루 종일 수영이라도 하고 있는 것 같아. 베를린은 좀 어때?"

베를린이 그립다고 말하려다 또 그만두었다.

"여기는 이상하게 추워. 하루에도 날씨가 몇 번씩 변해. 어제는 바람막이까지 꺼내 입었다니까. 오늘은 그래도 좀 여름 같고."

날씨는 정말 그리웠지만, 그립다는 말을 소갈머리 없이 함부로 할 수 없다는 걸 안다. 그곳에도 이곳에도 내가 감당할 수 없는 일들이 있었다. 제리가 캠핑카를 찾는 동안 나는 집을 잃고 혼자 낡아버렸다.

여전한 빗소리를 들으며, 제리에게는 이렇게 말했다.

"나도 캠핑카를 얻어야 할까 봐."

서울의 장마를 겪다 보니 베를린의 선선한 여름이 더욱 꿈처럼 여겨진다. 며칠째 폭우가 멈추질 않아 잠수함에서 살고 있는 기분이다. 한숨이라도 쉬면 그 숨에 물기가 묻어 나는 것 같고, 몸도 무겁기만 하다. 이곳에서는 매년 누군가 수해로 죽는다. 바다의 태풍이 아닌, 도시의 비로 사람이 죽는다는 걸 납득할 수 있을까. 하지만 같은 일은 자주 일어나고 그때마다 누군가는 책임을 진다고 하지만 또 다음 해가 돌아오면 같은 일로 또 다른 사람이 죽는다.

책임자들은 대체로 죽지 않는다. (책임자들이 죽어야

한다는 건 아니다.) 물론 죽음이 없이는 어떤 관계도 발생하지 않을 것이다. 우리가 죽지 않는다고 생각하면, 호기도 죽지 않고, 할머니도 죽지 않고 제리도 나도 죽지 않는다면, 우리는 천천히 굳어져버리겠지. 제리는 캠핑카를 찾지 않을 거고, 나는 굳이 곰팡이를 노려보지도 않을 것이다. 세상에 어떤 죽음도 없다면, 아무도 죽지 않는다면, 나는 곰팡이도 수해도 가뭄도 무섭지 않을 거야.

하지만 어떤 죽음은 관계 이전의 죽음이고, 그래서 서로를 무너뜨린다.

아직 할머니는 죽지 않았다. 하지만 오래전 아버지는 죽었고, 어머니도 죽었다. 할머니는 나와 혹은 제리와 마찬가지로 죽음을 기다리고 있다. 죽음은 언제나 두려운 대상이지만, 아주 아주 솔직히 말하자면 지금의 나는 언제 죽어도 그만이라고 생각하는 것 같다. 관념으로서의 죽음은 무섭지 않다. 그저 잘게 부서지는 일과 같게 느껴졌다.

할머니 방(이었던) 천장 모서리에 검은 재 같은 것이 번지더니 어느 날 부슬부슬 떨어지기 시작했다. 기침이 나서 자세히 보니 곰팡이였다. 닦아내도 그때뿐이고 벽지에는 그을음 같은 자국이 내 손 모양대로 났다. 곰팡이를 바라보는 것 외에 뭔가를 해야 한다는 걸 안다. 집을 위해 할 수 있는 것들은 해야 한다. 이곳은 관과 같은 죽음의 터전이 아니라 삶의 터전이니까. 아무것도 하지 않고 벽과 천장을 노려보는 건 눈과 공간과 시간의 낭비라는 것을 안다. 하지만 장마는 모든 것을 유예시켰다. 안 그래도 젖어 있던 삶이 더욱 축축해져버렸다. 곰팡이 제거제를 뿌리고 제습기를 돌리다가 부동산에 문의했고, 다시 주인에게 옥상 방수를 요청했지만 이런 응답을 들었다.

"옥상 전체 방수는 돈이 너무 많이 들어. 아니 왜 그걸 그동안 안 했어? 오래 살았다며. 그래서 생각해 봤는데 전세금을 좀 올려주면 해줄게. 아저씨하고 의논했는데, 오백이야 오백. 어차피 아가씨가 살던 집이잖아? 하자가 있는 집을 사서 분한 건 우리라고. 사자마자 이렇게 돈 들어가는 공사만 하게 생겼으니까. 전세금을 올려줄 거면 해주고, 아니면 그냥 살아야지 뭐. 사실 이 전세금이 금액이야? 사정이 딱해서 그냥 그 돈으로 전세 놓은 건데 주변에서 다들 미쳤다고 해. 아니면 월세를 십오만 원씩이라도 내든가. 월세는 우리가 다 고쳐줘야 하는 게 맞다고들 하니까."

'아저씨'라는 말이 귀에 걸려서 더는 다른 말에 집중하지 못했다. 아저씨는 누구일까. 아마도 남편. "네, 생각해 볼게요"라고 말한 후 침대에 누워 천장 구석에 생긴 곰팡이를 계속 노려봤다. 노려보는 게 내가 할 수 있는 가장 강력한 해결인 것처럼.

공사를 부탁하면서도 약간 헷갈리긴 했다. 분명 몇 달 전까지 우리 집이었는데 왜 그땐 제대로 관리하지 않고 살다가 다른 사람에게 해달라고 하는 걸까. 소유가 바뀌었기 때문이라는 것쯤은 알지만 뭔가 내 말에 힘이 빠지는 이유는 그 때문이다. 내 집이었던 남의 집에 사는 것은 안정적인 동시에 매우 혼란스럽기도 한 것이다.

유학을 떠날 때까지는 할머니의 집, 그러니까 내 집이기도 했던 이 낡은 방 두 개짜리 단독주택을, 돌아와서 내가 팔았다. 아무리 낡았어도 서울 안에 있으므로 적당한 가격을 받을 수 있을 거란 예상은 쉽게 빗나갔다. '급매'라는 두 글자의 비밀. 매일 알아봐야 할 것들이 숙제처럼 쏟아졌고, 읽어야 할 서류와 해야 할 전화가 넘쳤다. 이런 현실적 타격 때문에 슬픔에 잠길 시간이 부족했다는 것이 유일한 장점이긴 했다. 우여곡절 끝에 헐값에 집을 타인에게 넘겼다. 금액 앞머리에 1을 더해보고, 뒷자리에 0을 붙여보며 그래도 경매까지 가지 않은 것을 다행이라고 생각했다. 더는 비통한 경험을 하고 싶지 않았다.

이제 집의 소유주란에는 '구옥자' 대신 낯선 이의 이름이 적혔다. 할머니와 내가 오랫동안 산 집. 내가 떠나고 할머니 혼자 몇 년을 지낸 집. 더 이상 할머니 집도 내 집도 아닌 집에 돌아온 내가 살고 있는 집.

　세르비아의 수도인 베오그라드에 도착하자마자 연락을 받았다. 할머니가 쓰러진 지 며칠 됐다고. 이제야 연락이 닿았다며. 보호자도 혈육도 우리는 서로에게 전부였다. 나는 망연해져서 곧장 베를린으로 돌아갔고, 짐을 싸서 부치며 귀국을 서둘렀다. 며칠 후 가장 빠르고 값이 싼 표를 구해서 프랑크푸르트를 거쳐 서울로 왔다. 이상한 건 제리였다. 갑자기 제리가 베를린까지 동행을 하겠다고 했다. 펠리스 리비카 리비카 멤버들은 아쉬워하면서도 혼자보다는 둘이 낫겠다고 서둘러 가 보라고 해주었다. 호기도 프로도 모두 나를 뜨겁게 안아주었다.

　"나는 피니를 찾아야겠어. 그런데 차가 있던 장소가 도저히 생각이 안 나. 베를린의 풀숲은 모두 같아서."

　그때 제리가 조금 야속하기도 했다. 나는 가족의 비보로 서울에 가야 하는데, 사랑 타령이라니. 하지만 그런 건 아무것도 아니었다. 바로 그날 베오그라드의 공연에서 그 일이 벌어졌기 때문이다.

세상의 어떤 일들은 도무지 이해할 수도 받아들일 수도 없지만, 막상 닥치면 결국은 별수 없이 받아들이게 된다. 마치 이상 기후 현상처럼. 바람막이를 입었다가 민소매를 입어야 하는 베를린의 날씨처럼. 양동이처럼 퍼붓는 서울의 하늘처럼. 물에 잠긴 파키스탄처럼. 불에 타는 캘리포니아처럼. 눈앞에서 펼쳐지고 있지만 믿을 수 없고 믿고 싶지도 않은 것. 하지만 이미 일어났고 앞으로도 진행될 일들……

그리고 나는 여전히 천장을 노려보기만 한다.

할머니를 요양원으로 모신 후 집을 팔고 나는 내 생에 주어진 모든 부지런함을 다 썼다는 듯 게을러져버렸다. 다행인지 불행인지 귀국 전에 보내둔 이력서에는 응답이 없었다. 시간을 그렇게까지 아껴 쓰고 싶지 않았다. 시간은 물이나 공기처럼, 유일하게 모두에게 똑같이 주어지는 것이니까 그냥 사용하고 싶었다.

아껴둔 모든 것은 어디로 갈까. 시간을 누군가에게 줄 수 있을까. 혹은 내게 돌아올까.

*

"피니는 아직, 아직 없어."

'아직'이라고 제리는 힘주어 말했지만 내 예상대로 피니는 그 캠핑카에 살고 있지 않았다. 아직 돌아오지 않은 게 아니라 영영 돌아오지 않을 수도 있다. 제리는 며칠 동안 캠핑카에 발 도장을 찍었지만 피니도 다른 사람도 못 만났다. 그렇지만 토끼와 버섯을 만났다고 했다. 피니가 키우던 버섯 그리고 토끼인지, 피니가 키우던 버섯과 토끼인지 헷갈렸지만 묻지 않았다.

"요즘 토끼 똥 치우는 알바를 하잖아. 몸에 냄새가 배서인지 곁에 오더라고. 미엣이라고 이름도 지어줬어."

나는 이 얘기를 듣는 순간, 분명히 제리와 나는 이미 친구였지만, 그러니까 '토끼 똥 알바'라는 단어들을 듣는 순간 우리 사이의 우정이 쭉쭉 치솟는 것을 느꼈다. 쓸데없을 만큼 유머러스하고, 꼭 그만큼 부지런한 제리였다.

제리는 토끼를 키우는 집마다 다니며 돌봐주는 아르바이트를 하고 있다고 했다. 베를린 애들이 애완 토끼를 많이 키우긴 했다. 버섯은 아마 그날 맛보았던 환각 버섯일 거다. 미치광이 버섯. 제리는 똥 냄새가 지독해서 방독면을 하나 구입했다는 말도 잊지 않았다. 그러고 보니 제리 SNS 프로필 사진에 방독면을 쓴 얼굴이 대문짝만하게 걸려 있었다.

제리가 캠핑카를 찾은 게 과연 다행일까. 그럼 이제 무엇을 하지 제리는. 물론 아직 그에게는 할 일이 남아 있다. 피니를 찾는 것, 혹은 기다리는 것. 그렇게 피니를 찾고 나면 무엇을 할까. 그보다 제리는 왜 그렇게 피니를 찾아 헤맨 걸까. 단지 하룻밤을, 그것도 제정신이 아닌 상태에서 만났던 지나가는 길 위의 사람을.

하지만 피니가 제리를 살렸다. 할머니가 나를 살린 것처럼. 할머니와 피니의 인력이 우리를 온힘을 다해 당긴 것이다. 그렇다고 세르비아의 베오그라드가 척력을 지녔다는 생각은 들지 않는다. 두 사람의 강한 힘이 손쉽게 승리한 것일 뿐이다.

"우리 둘 다 두 묶음 사람이라서 그래."

제리는 자신의 '룩킹 포 피니'에 대해 이렇게 설명했다. 자신이 두 묶음 사람이라서 혼자서는 살 수 없다는 말이었다. 뭐래, 사람은 누구나 혼자 살기 어렵지 않나. 제리가 내 생년월일시로 베를린 친구들에게 뭔가 물어본 모양이었다. 서울이나 베를린이나 언제나 타로와 별자리와 엠비티아이와 애니어그램과 그 외의 새로운 운명론에 관심 있는 친구들이 득시글하다.

"그게 무슨 소리야?"

"세상에는 한 묶음 사람이 있고 두 묶음 사람이 있어.

한 묶음 사람은 한 사람 자체로 완벽해서 타인을 필요로 하지 않아. 혼자가 더 편한 거지. 모든 결정을, 일상을 혼자 할 수 있는 거야. 오히려 누가 있으면 더 불행할 수도 있어. 완벽한 자신만의 시공간이 필요한 거지. 하지만 우리 같은 두 묶음 사람들은 결코 혼자 지낼 수 없어. 그래서 언제나 반쪽을 찾아 헤매게 되고, 꼭 맞는 반쪽이 아니라 해도 혼자 있는 것을 상상할 수 없기에 괴로운 둘을 감수하는 거야."

제리는 제법 진지했다. 그러고 보면 나는 혼자 산 적이 없다. 서울에서는 할머니와, 유학 중에는 룸메이트가 항상 있었다. 나는 그게 돈이 없어서라고만 생각했다.

"웃기지 마. 그럼 세 묶음, 네 묶음 사람도 있겠네?"

"어, 맞아. 네 묶음까지는 모르지만 세 묶음 사람은 있어."

제리가 답했다. 이상한 말이었지만 두 묶음이라는 말은 퍽 마음에 들었다. 나는 내 프로필 사진 아래 '두 묶음 사람'이라는 멘트를 적어 넣었다.

그렇다면 피니는, 캠핑카에서 혼자 살던 피니는 몇 묶음 사람일까. 제리는 두 묶음 사람인데, 피니는 한 묶음 사람이라면? 둘은 같이 살 수 있을까? 과연 피니가 사람이기는 한 건가. 나는 그(그녀)를 본 적이 없다. 제리는 종종 피니를 '세상에서 가장 아름다운 버섯'이라고 표현했다. 그

굉장한 피니는 오직 내게 상상 속의 산물일 뿐이다. 어쩌면 제리에게도 그럴지 모른다. 그날의 상상. 버섯과 약물과 모르는 언어로 나눴던 엉성한, 그러나 진지한 대화, 그것들의 결합과 기억 같은 것들.

나는 젖은 땅을 밟으며 하루 종일 헤맸던 날을 떠올렸다. 투어 버스에서 지내며 베를린을 돌던 마지막 날이었고, 베오그라드로 출발을 앞둔 시각이었다. 프로가 "제리가 없어"라고 말하고 나서야 우리는 제리가 전날 밤 돌아오지 않았다는 사실을 깨달았다. 베를린에서의 마지막 공연 후 다들 새벽까지 달렸으므로 피곤했다. 그렇지만 페스티벌에는 가야 했다. 베오그라드의 페스티벌에 초대받았다는 건 무명 밴드에게 매우, 매우, 매우 중요한 일이었다. "오 어떻게 해!" 누군가 외마디로 외쳤지만 그렇다고 해서 정말로 걱정한 건 아니었다. 밴드 펠리스 리비카 리비카에 이십 대 동양인 남자애가 하룻밤 보이지 않았다고 해서 놀랄 멤버는 없었다. 밤에는 차 안 인구 밀도가 줄어들어서 편하게 잤을 테고—호기, 모, 프로, 밴드 멤버들은 다들 덩치가 좋았다—떠날 때가 돼서야 머릿수를 체크하다 발견한 것일 뿐이다. 그래도 우리는 그렇게 인정머리가 없는 사람들은 아니었으므로 제리를 찾아 나섰다.

"제리는 어제 약을 했어."

누군가 이렇게 말하기 전까지는 나도 별걱정이 없었다. 전날 밤 거의 모두 마리화나를 피운 것은 알고 있었다. 그렇지만 제리만 피운 것도 아니고, 또 따지고 보면 그렇게 심각한 것도 아니었다. 하지만 약은 달랐다. 쇼크라도 온다면 죽을 수도 있었다. 제리가 부디 누군가와 함께 있기만을 바랐다. 펠리스 리비카 리비카 투어 버스 멤버 중에 나와 제리만 한국인이었고, 제리를 투어 버스에 태운 건 바로 나였다. 나는 제리를 투어 버스에 끌어들인 것을 비로소 후회하기 시작했다.

그러나 오래지 않아 제리를 찾았다. 호기의 등에 업힌 제리는 다람쥐처럼 보였지만, 그렇다고 귀여운 건 아니었다. 우리는 침과 땀과 눈물 비슷한 것으로 범벅이 된 그를 투어 버스 맨 뒷자리에 눕혔다. 뒤척일 때마다 축축한 몸에 붙어 있던 낙엽이 한두 장씩 떨어졌고 냄새도 났다. 그럼에도 그 향이 나쁘지 않은 것은 마리화나 향과 섞이면 모든 향은 다 괜찮아지기 때문이다(내 취향이긴 하다).

어쨌든 내가 다른 좌석으로 옮기려고 일어서는데 제리가 내 손을 끌어 잡더니 "피니 가지마, 피니" 웅얼거렸다.

제리의 눈은 여전히 풀려 있었고, 잡은 손에도 딱히 힘은 없었다. 뜨끈한 손 때문이 아니라 차가 울퉁불퉁한 길에 튕겨 나는 다시 그의 옆에 앉게 됐고, 그래서 제리가 계속해서 힘겹게 읊조리는 피니라는 이름을 정확히 듣게 됐다. 나는 자리를 옮기는 것도, 제리도 포기했다. 약을 먹고 한 짓은 그게 무엇이라 해도 놀랍지 않았다. 어차피 시간이 해결해줄 것이다. 제리의 잠(약)꼬대는 베오그라드에 도착할 때까지 자다 깨다 반복됐다.

하지만 누군가 "크레이지 피니? 오 마이 갓"하며 그(녀)의 정체를 알려줬는데 오랫동안 그 캠핑카에 살며 버섯을 재배해 내다 파는 늙은 트렌스젠더라고 했다. 모두들 제리가 크레이지 피니에게 당한 거라고 수군거렸지만 제리는 이동하는 내내 제정신이 아니라서 이런 얘기는 듣지 못했다. 다만 나는 한국어를 한다는 이유만으로 피니와 사랑에 빠져버린 제리에게 시달려야 했다.

"파라다이스의 뜻이 뭔지 알아? 담으로 둘러싸인 곳이라는 뜻이야. 그러니까 낙원은, 진짜 낙원은 벽 속에 있는 거지. 나만의 벽."

그리고 주머니에서 작은 돌 부스러기를 꺼내 보여줬다.

"피니에게는 장벽이 많아. 이 돌도 피니가 줬어."

하룻밤 머문 피니의 캠핑카는 제리에게 천국을 보여준 것 같았다. '못 잘하는' 영어로 멤버들과 제법 잘 지냈던 제리는 사라지고, 수다쟁이 한국인 동료 제리가 남아 끊임없이 말을 퍼부었다. 약 기운에서(버섯 기운이라고 우겼다) 깬 후에도 제리는 피니 얘기를 많이 했다. 주로 피니에 대한 얘기, 피니가 키우는 버섯 그리고 그 버섯으로 맛본 환각의 세계 따위였다. 내가 볼 땐 LSD를 한 것 같지만 제리는 자기가 맡은 게 버섯균의 향이라고 굳게 믿는 것 같았다.

기억에 남는 마지막 말은 이랬다.

"나는 정말이지, 그렇게 아름다운 사람은 처음 봤어."

*

할머니는 버섯은 아니었지만 상추, 쑥갓, 깻잎, 토마토 등 채소를 많이 키웠다. 옥상을 오르내리는 게 힘들다고 그만하라고, 그러다 넘어지기라도 하면 어쩌냐고 화를 내도 끄떡하지 않았다.

옥상 오르내리는 것을 걱정했다는 건 거짓말은 아니지만 상당한 불량함을 함유하고 있었다. 그것이 진심이라면 나는 유학을 가서는 안 됐고, 할머니를 혼자 두어서는 안

됐다. 할머니가 몇 묶음 사람이었는지는 모르지만 그것만은 알고 있다. 내가 뒤늦게나마 친구들처럼 유학을 가고 싶다고 했을 때 말없이 집을 저당 잡힌 돈을 내주었다는 것, 그리고 내가 한국을 떠나 나름의 시련을 극복하며 성장하고 있을 때 병에 시달리며 주변에서 내미는 온갖 문서에 속절없이 사인한 것도 역시 나 때문이었다는 것.

그렇게 옥자 씨는 그녀의 낙원에서 멀어져갔고, 내가 연락을 받고 돌아왔을 땐 요양원으로 가는 것 외엔 도리가 없었다. 계단에서 떨어져 오래지 않아 발견한 게 그나마 행운이었다. 타박상이 문제가 아니었다. 내면이 망가져 있었다. 나는 혼자서 울며 그가 남긴 흔적을 마음속으로는 정리해야 했고, 밖으로는 온갖 행정 처리를 했다. 그때 비로소 할머니도 혼자 그랬을 거라는 걸 처절하게 알게 됐다. 할머니를 보고 오래 울었다. 오래오래 울며 어떤 생각을 했을까. 혼자가 될 수도 있는 나를 걱정했을까? 벌써 잘 기억이 나지 않는다.

그렇지만, 나는 정말 몰랐을까? 타지라고 해서 아무것도 몰랐을까? 옥자 씨와 나는 연결된 무엇이 있을 텐데, 그저 알고 싶지 않았던 게 아닐까. 이기심과 뻔뻔함. 그것이 지금까지의 나를 지탱한다. 하지만 나도 할 말은 있다. 왜

'모두' 갖고 있는 게 내겐 없나요.

물론 틀렸다. 모두 갖고 있지 않다. 옥자 씨 말대로 위를 바라보고 살면 불행하다. "도덕은 높은 곳을 바라봐야 하고 재물은 아래를 바라봐야지. 그래야 만족하고 살지." 내가 투덜댈 때마다 자주 했던 옥자 씨의 명언. 하지만 나는 도덕도 재물도 모르겠고 하루 종일 천장을 노려본다. 주인과 전화한 후로는 완전히, 종일 눈을 뜨고 있다. 주로 천장을 샅샅이 보기 시작했다. 그렇게 4, 5일쯤 뜬눈으로 지내다 보면 결국 어떤 날은 기절하듯 잠든다. 그렇게 너덧 시간 기절한 것처럼 자고 나면 다시 불면이 찾아온다.

불면증에 대해 검색해 보면 다양한 얘기들이 나온다. 어떤 의사는 꼭 자야 한다는 마음을 버리면 된다고 했다. 하루에 한 번 자는 사람이 있고, 5일에 한 번 자는 사람이 있을 뿐이라고. 그 말은 상당히 일리 있었지만 약간 이단의 교주 화법 같다는 생각을 지울 수 없었다. 그렇다면 왜 하루는 이십사 시간이고 밤과 낮이 매일 반복되겠는가.

또 다른 누군가는 불면의 이유는 스트레스 때문이고, 그 스트레스의 근원은 죄책감이라고도 했다. 그럼 나의 죄책감은 반성문을 쓰면 될까. 깜지. 어려서 그토록 많이 쓰던 깜지.

깜지를 써본다.

나는 거의 애인이 될 뻔한 동료를 잃었다.
그것은 나 때문은 아니지만 나 때문이기도 하다.
그렇지만 한편으로는 평온하다. 동료는 가족은 아니기 때
문이다.
호기와 나 사이에는 감정 외에 아무것도 없다. '처리'할 일
이 없는 것이다. 사랑과 우정은 기실 상상의 산물이다. 우리
가 아무리 많은 시간을 보내고 많은 밤을 보냈다고 해도 혈
육은 아니다. 할머니는 다르다.
아들을 잃고 며느리를 떠나보내고 나를 혈육이라는 이유로
키웠다. 많지 않은 할머니의 재산은 계속 쪼그라들어갔고,
나는 그 안에서 점점 풍선처럼 부풀어 올랐다. 그리고 그 허
영의 끝은 비극이었다. 나 때문에 일어난 일은 아니지만 모
두에게 비극적인 일이었음은 분명하다.
모든 것은 너의 상상. 그리고 나의 상상.

할머니는 어쩌면 나의 피니일지도 모른다.

"참 요즘은 어디서 지내?"

그러고 보니 캠핑카를 찾는다는 것만 알지 제리가 어디서 사는지 물어본 적이 없었다. 베를린은 집세가 비쌌다. 토끼 똥을 치우는 일로는 벌이가 되지 않을 텐데…….

제리와 나는 베를린의 게이 호스텔에서 처음 만났다. 밴드 투어를 시작하기 전날까지도 나는 그곳에서 스태프로 일했다. 호스텔의 스태프로 일하는 건 유학생이 잠자리와 생활비를 해결할 수 있는 가장 좋은 방법이었다. 물론 학업을 병행하기는 힘들고, 주로 방학 때 쓰던 방에 서블릿을 놓고 주거를 옮겨 비용을 절감하는 방식이었다.

게이 호스텔은 말 그대로 게이 호스텔이었으므로 나는 당연히 제리가 게이라고 생각했다. 그래서 그가 숙박 첫날밤 내게 "나는 사실 게이가 아니야"라고 했을 때 기분이 나쁘기보다는 정체성을 감추고 싶어서 거짓말을 한다고 생각했다. 약간 측은한 마음이 생기기도 했는데, 그가 자신의 정체성을 부정한다면 그건 이곳의 프런트를 나라는 한국 여자가 보고 있기 때문일 거라서였다. 베를린에서도 게이들은 자신의 정체성을 숨기는 경우가 허다했으니, 제리가 같은 한국인에게 들키고 싶지 않은 건 더더욱 당연하다고 생각했다.

하지만 장기 숙박객인 제리가 자신이 게이가 아니라고 자꾸 발설하는 바람에 여러모로 난처해졌고, 나는 좀 기분이 나빠졌다. 왜냐면 그가 체크인할 때 "게이 호스텔이 불편하다면 지금 환불해드리겠습니다"라고 말했음에도 불구하고 제리는 퇴실을 재고하지 않았기 때문이다. 그것은 사실 세밀하게 듣는다면 당신이 게이라 아니라면 이곳의 다른 게이들이 불편합니다, 라는 뜻이라는 걸 알았을 텐데도 말이다. 만약 못 알아들었다면 더더구나 그런 무신경한 한국인과 친해지고 싶지 않아 거리를 두려는 내게 제리는 쓸데없는 친근감을 과시했고, 그런 그에게 결국 나는 한마디 했다.

"게이가 아니면 나가주셨으면 좋겠는데요."

제리는 멋쩍어하며 말했다.

"들어올 때까지 전혀 몰랐어요."

내가 프런트에서 설명할 때에야 비로소 이곳이 게이 호스텔이라는 것을 알았지만 이미 늦은 시각이었고, 같은 가격으로는 근처의 어떤 숙소도 구할 수 없다고 판단해서 그냥 묵기로 했다는 변명이었다.

"아뿔싸, 했지만 늦은 거지. 그리고 이렇게 싸고 좋은 호스텔은 세계 어디에도 존재하지 않아."

나는 그 말을 완전히 믿지는 않았는데 호스텔이 위치한 거리 초입부터 레인보우 깃발이 나부끼고, 커다랗게 게이 호스텔이라는 간판이 걸린 곳에 와서 자신이 게이가 아니라고 하는 것을 왜 믿어줘야 하는가. 나는 호스텔 직원으로서 규정에 어긋난 것을 알게 되어서 경고했을 뿐 그의 정체성에 관심이 없었다.

여하튼 제리는 자신이 게이가 아니라는 '역 커밍아웃' 이후에도 수완 좋게 여타의 게스트들과 허물없이 친해졌다. 우리 호스텔이야말로 윌리엄 버로스의 《퀴어》에 나오는 '몰리의 집'은 아니었으므로 정작 게스트들은 그에게 별 신경을 쓰지 않았다.

하지만 가끔 제리는 다른 게이들의 눈치를 보며 내게만 조용히 말하기도 했다.

"세상에, 난 군대 이후 이런 샤워실은 처음이야. 완전히 뻥 뚫린 공중목욕탕인데?"

그러고는 바로 또 그들과 치어스 하며 어울렸다. 어떤 면으로는 좀 무례했던 제리에게 화를 낼 수 없었던 건 그가 너무 솔직했기 때문이었고, 잊고 있던 한국식 습관 같은 것들을 일깨워줬기 때문이다. 그러니까 우리는 같은 종류의 인간이구나. 오랜 타지 생활의 끝자락에서 마주친 묘한 안도감일 수도 있었다. 우린 둘 다 주인공 되기를 거절하지만 결국 주인공이고 싶은 그런 사람들이었다. 그리고 그걸 충족시키기 위해서는 동류의 관람자도 필요했다.

내가 곧 호스텔 일을 접고 공연 투어를 떠난다고 했을 때 제리의 눈이 반짝였던 것도 그런 이유였을 것이다. 나는 펠리스 리비카 리비카를 제리에게, 아니 제리를 펠리스 리비카 리비카에게 소개했고 그는 아주 쉽게 투어 버스에 합류했다. 촬영 담당인 나의 어시스트 자격이었는데, 제리는 투어를 다니는 동안 함께 투어 버스에서 지내는 것 외에 바라는 건 없다고 했다. 생각보다 짧았던 우리의 여정은 그렇게 시작됐다.

친화력이 좋고 영어를 '못 잘'하는 그를 멤버들은 대체로 좋아했다. 제리의 영어 실력이 뭔가 선택적이라는 생각이 들기도 했지만 그 자체가 재미있었다. 어차피 우리 구성원 중에 완벽한 잉글리시 원어민은 없었다.

내게는 더 이상 제리가 게이든 아니든 아무런 상관이 없었다. 피니가 남자인지 여자인지 상관없다. 상관이 없는 사람이라서가 아니라, 그냥 상관이 없는 것이다. 옥자 씨가 여자인지 남자인지 내게 중요한가? 혹은 나 자신의 성별은? 우리에게는 그저 이름만 있다. 그것 외에 기억해야 할 것은 거의 없다.

"동영상 파일을 보냈어."

내 요청에 따라 제리는 펠리스 리비카 리비카 투어 촬영본을 보내주었다. 일부라고 표현하지 못하는 까닭은 그게 전부가 되어버렸기 때문이다.

"응. 이제는 봐야지."

"응. 나도 아직 본 적이 없어."

"그렇구나."

"그런데 말이야. 네 불면증. 우리 미엣도 그래. 토끼를 지켜보니까 이게, 거의 못 자더라고. 귀가 커서."

그런가. 귀가 크면 잘 못 자나. 제리 말로는 미엣은 거의 이십사 시간 깨어 있다가 아주 잠깐씩만 기절을 한다고 했다. 그건 사실 기절이 아니라 토끼가 자는 방식인 셈이다. 그런 식의 잠이라면 나도 자고 있다. 내가 토끼처럼 자고 있다는 사실이 약간 안심되었다. 역시 나는 두 묶음 사람인가. 동류가 생기면 마음이 편해진다.

나는 숨을 크게 들이마시고 동영상을 클릭했다.

촬영 분량은 짧았다. 투어 버스 안에서 캐주얼하게 한 인터뷰가 전부였다.

왜 팀 명이 펠리스 리비카 리비카죠? 역사상 가장 오래된 고양이 이름입니다. 우리는 고양이가 지구의 기원이라고 생각하니까요. 왜 무대에서 자살 퍼포먼스를 합니까. 자살이라뇨. 태어나는 퍼포먼스예요. 대표곡에 대해서 얘기해주세요. 노래를 그냥 들어요. 왜 우리가 노래에 대해 말해야 하죠? 베오그라드에 가는 이유는? 그거야, 모두가 모이잖아요! 그곳에는 모두가 있어요.

그리고 암전, 지직, 취해서 잠든 제리를 찍어둔 클립, 제리를 놀리는 멤버들. 여기까지가 전부다. 그 후로는 아무것도 촬영하지 못했다. 물론 앞으로도 다시는 촬영할 수 없을 것이다.

펠리스 리비카 리비카의 인기 비결은(인기가 있었다면) 호기의 퍼포먼스 덕분이었다. 평소엔 내성적인 호기는 무대만 올라가면 과격해졌는데, 모아둔 에너지 폭발 정도로 생각하면 될 것 같다. 그냥 많은 아티스트들이 그러하므로 그도 그런 것이라고 생각해 본다. 하지만 어쩌면 그는 자신의 운명을 알고 있던 게 아닐까. 가끔 그런 생각이 들기도 한다.

호기는 주로 목에 줄을 매는 과격한 퍼포먼스를 했고, 때로는 나를 느닷없이 호출해 피앙세라 소개하고 가면을 씌우기도 했다. 맞다. 나는 호기의 애인이었을까? 정확히 말하면 '아직'은 아니었다. 우리는 서로에게 호감을 느끼는 단계였다. 그래서 서울에 돌아와야 했을 때 할머니에 대한 걱정보다 투어 버스에서의 하차, 공연에 함께하지 못함, 호기와의 이별이 더 속상했던 것이 사실이다. 아주 잠깐이지만 분명히 그랬다.

'그날'의 공연은 지금은 선정성 때문에 꽤 많이 사라졌지만, 언제든지 인터넷에서 볼 수 있다. 기사도 꽤 많이 올라와 있다.

나와 제리가 베를린으로 돌아가던 시각, 인터넷 영상 속에 담긴 펠리스 리비카 리비카의 베오그라드 페스티벌 공연은 평상시와 같다 다르다 할 것조차 없었다. 그 사건은 펠리스 리비카 리비카가 첫 곡을 부를 때 벌어졌기 때문이다. 호기는 아직 무대에서 뛰어다니지도 않았고, 가면을 쓰지도 않았다. 호기가 무대에서 옛 밴드 T. Rex에 대한 오마주로 〈Life Is a Gas〉를 부르기 시작한다. 올드한 느낌 때문인지 첫 소절에 약간의 야유가 있었지만, 곧 잦아들고 두 번째 소절이 시작된다.

바다 위에 집을 지을 수도 있었어요.
우리의 사랑을 하늘에 둘 수도 있었지만
하지만 그건 전혀 중요하지 않아요
아니, 그건 전혀 중요하지 않아. Life's a gas.

그리고 이 소절이 끝날 때 총소리가 울린다. Life's a gas. 잠시 어리둥절한 암전 속, 곧 터져 나오는 비명 소리, 번지는 피, 쓰러지는 호기, 박수에 묻어나는 땀, 물 같은 것들. 마치 가스처럼.

사실 이게 진짜로 벌어진 일인지 잘 모르겠다. 화면은 언제나 마술 같고, 거짓 같다. 그저 모든 게 화면을 위해 만들어진 가공의 일처럼 느껴진다.

그날의 총격은 너무 진부하지만 네오나치즘에 빠진 청소년들의 수행으로 추정되고, 또 너무 진부하지만 국제적 페스티벌에 다민족의 우리 그룹이 첫 등장을 한 것에 대한 그들의 응징이었다. 동양인과 함께하는 백인이 범죄의 대상이었다는 분석이 있지만, 그런 말은 다 장식일 뿐이다. 대상은 우리다. 그런데 우리를 제외한 백인 멤버 호기가 죽었다. 펠리스 리비카 리비카는 그렇게 분해됐다. 유럽에서는 대서특필 되었지만, 서울에서는 별로 회자되지 않았다. 그곳에서 함께 사라졌어야 할 나와 제리가 무사했기 때문이다. 지금도 한국 포털에 베오그라드를 검색하면 1차 세계대전을 일으킨 암살 사건이 더 먼저 나온다.

베오그라드는 서울에서 부를 수 없는 이름처럼, 맛없는 사탕처럼, 껌처럼 입에서 질척인다.

우리의 투어는 베오그라드에 도달하기 전까지 내내 거대했는데, 남은 것은 그전의 것들뿐이다. "베오그라드에 가면 무엇을 할 거야"에서 정말 그 '무엇'은 공교롭게도 호기가 부른 첫 곡 〈Life Is a Gas〉의 일부뿐이고, 지금 내게 남은 것은 초라한 귀국과 제리와의 이상한 우정뿐이다.

이렇게 과거를 떠올릴 때면 그 시절이 현실이었을까. 혹시 꿈은 아니었을까 생각하곤 한다. 그 시절에 대해 제리는 나의 증인이고, 나는 제리에게 증인이다. 하지만 우린 둘다 좀처럼 그 얘기는 꺼내지 않는다. 그러므로 증언을 해줄 기회는 없다. 하지만 언제고 손을 뻗으면 닿을 곳에 있는 증인은 소중하다. 그리고 이 영상은 유일한 증거물이다.

물론 나는 그날 이후 더 크다면 큰 현실을 겪었다. 할머니의 집이었던 그래서 곧 나의 집이기도 했던 구옥이 다른 사람의 집이 되기까지의 현실을 목격했다. 나는 순식간에 여러 사람으로 쪼개졌고, 잘 회복이 되지 않았다. 이후 나는 아무것도 하지 못했다. 베를린에서의 며칠은 몇 년처럼도 보냈던 것 같은데, 돌아와서의 시간은 재미없는 드라마의 최종회처럼 길고 지루했다. 끝나기를 바라고, 어떻게 끝날지도 알지만 등장인물이 대본의 모든 지문을 수행해야지만 이야기가 끝나니까.

사실 나는, 미안하고 미안하다. 모두에게 미안하다.

*

"내가 캠핑카를 인수하기로 했어."

제리는 또 한 번 힘차게 전화를 해왔다. 나의 남루한 현실과 일전의 비극적 사건이 제리의 목소리를 통해 희석되는 느낌이었다. 우리는 동영상에 대해서도, 펠리스 리비카 리비카에 대해서도 이야기하지 않았다.

캠핑카에 피니는 더는 살고 있지 않다. 하지만 제리는 그 캠핑카에 살기로 했다. 그리고 제리는 이런 말을 했다.

"우리는 밤을 함께 보냈지만, 같이 자지는 않았어."

물론 놀라운 일은 아니다. 하지만 사랑이라는 영역에서 그 친밀함을 빼면 뭐가 남을까.

"피니는 내 발을 만져줬어. 나는 바보같이 울었지."

발. 제리의 발을 만진 피니의 손. 나는 한 늙은 트렌스
젠더의 앙상한 손가락을 상상했다. 그리고 할머니의 손도.

"나는, 그러니까 피니를 찾는 것도 중요하지만, 이 캠핑
카를 지키는 것도 못지않게 중요한 것 같아."

제리와 나는 두 묶음 사람이지만 둘 다 이제 혼자 살아
야 한다. 억지로 누군가를 찾을 수는 없다는 걸 이제 알고
있으니까 더욱 그렇다.

"혼자가 아니야. 미엣과 같이 살아."

토끼 미엣(miette)은 프랑스어로 부스러기라는 뜻이라
고 했다.

"피니가 남기고 간 부스러기지."

그래. 넌 두 묶음 사람이니까.

이제 곰팡이가 핀 벽은 벽지가 뜯어졌고 베란다 쪽은
그릇이라도 받쳐두지 않으면 안 될 지경이 되었다. 더 이상
외면할 수 없어 옥상으로 오르는 계단은 한 걸음 한 걸음이
천근이었다. 비 때문에 올라가지 않았다는 건 핑계에 불과
하다. 그냥, 할머니의 옥상과 대면하고 싶지 않았던 거다.
옥상이지만 주변 집들보다 낮아서 뷰 같은 건 없는 작은 동
산. 장독과 화초와 화분들. 그리고 또 한쪽 구석에 만든 화

단. 깨진 시멘트, 벗겨진 페인트. 흥건히 고인 물. 물. 물.

주저앉아 울고 싶었지만 일으켜줄 사람이 아무도 없다는 것을 알기에 참았다. 옥상은 원형극장처럼 사방에서 보이기 때문에 내가 울면 누군가 구경할 수도 있다. 애도는 철저하게 자신을 위한 행동이다. 그러므로 이 슬픔의 행위는 벽이 있는 곳에서 해야 한다. 아무도 보지 못하게.

다시 비가 흩뿌리기 시작했다. 그렇다고 전처럼 폭우는 아니었고 이슬비였다.

나는 다시 곰팡이가 번지고 있는 방에 들어와서 인터넷 검색을 했다. 셀프 방수, 옥상 방수, 빗물 방지. 모든 게 네 글자라는 게 재밌다. 네 글자 단어. 한 글자 단어. 나는 묶음 사람 속에 나의 다른 단어들을 넣어본다.

제리는 얼마 후 베를린 장벽을 소포로 보내왔다. 장벽 부스러기를 관광 상품으로 팔고 있는데, 이렇게 팔아 치우다간 얼마 남지 않겠다고 우리끼리 농담했던 그 장벽 두 조각이었다.

제리는 이제 피니의 캠핑카에서 산다. 토끼와 버섯과 함께. 피니가 있든 없든, 그 캠핑카는 제리의 종착역이고, 평온한 기쁨의 공간인 것이다. 그것을 에덴이라고 한다는 건 할머니에게 배웠다. 기쁨의 언덕 에덴, 그곳에 내가 있네.

방수를 시작했다. 본격적 방수는 아니지만 장독대를 하나씩 치우기 시작했다. 날이 선선해지면 방수 페인트를 칠할 것이다.

나는 두 묶음 사람이고 어디선가 연락이 오면 좋겠다고 생각했지만 일단 혼자 해보기로 했다. 장독을 비우고 내리고, 화분을 치우고, 일단 내려놓고, 옥상이 다 비면 이제 방수용 페인트로 도색을 할 것이다. 서울의 낮은 옥상들을 점령한 그 초록색 페인트로. 현실 앞에 유학파의 미적 감각은 무력해진다. 하지만 어쩌면, 서울의 그 초록이 가장 아름다운 현실일 수도 있다.

곧 나는 요양원에 가서 할머니가 좋아했던 성경책을 읽어줄 것이다.

그리고 어디선가 연락이 오면 좋겠다. 내가 에덴에 있는 동안.

작가의 말

요즘 도자기를 배운다. 맨손으로 흙을 만지면 기분이 좋다. 도자기를 배우는 데 드는 돈은 카페 아르바이트로 충당한다. 그래서 바쁘다. 그런 게 삶인 것 같다.

혹독하다고는 할 수 없지만, 분명히 문제는 있던 긴 시절을 통과해 책을 한 권 내게 됐다. 그래서 마치 첫 책 같고 또 그래서 어떤 작품은 전생의 내가 쓴 것 같다. 소설마다 색깔이 너무 다를까 걱정도 했는데 다시 보니 망상이었다 (그냥 다 내가 쓴 것 같다).

여러 등장인물의 이야기에 귀 기울이느라 고전했지만, 그들의 이야기를 제대로 들었는지 이제 와 또 의문이 든다. 하루를 더 살면 하루치의 반성만 늘어나니 큰일이다.

등단작을 비롯한 초반의 소설은 하성란 선생님의 영향을 많이 받았다. 좋은 에너지를 주시던 그 고운 목소리는 평생 간직할 것이다.

사람은 미워해도 술은 미워하지 말라는 권여선 선생님 말씀도 떠오른다. 독자들이 나는 미워해도 소설 속의 인물은 미워하지 않았으면 좋겠다.

소설이 나오면 조마조마하며 읽는(엄마 이건 다 사실이 아니야!) 귀여운 엄마와 작가로서의 자세를 가르쳐준 언니에게 사랑을 보낸다.

급작스럽게 보내는 작품을 수고스럽지 않게 읽어주곤 한 벗들에게 마음 깊은 감사를 전한다. 나는 누구를 위해 그런 노고를 감내한 적이 있나 되돌아보게 된다.

《나이트 러닝》이 나오는 데 응원을 아끼지 않으신 조선희 선생님, 그리고 나보다 내 글을 더 여러 번 읽어준 김다인 편집자에게 고맙다는 말을 하고 싶다. 그의 북돋움이 없었다면 어떤 작품은 나오지 않았을 것이다. 무엇보다 우다영 소설가의 추천사를 받을 수 있어서 영광이다. (나는 그의 소설을 언제나 누구에게든 추천한다.)

작품은 상당히 느리게 쓰면서 삶의 동선은 요란했다.

'토지문화관' '예버덩문학의집' '글을낳는집'에서 따뜻한 밥과 잠과 글을 함께했다. 강원도 작가의 방 프로그램을 통해 태백과 고성을 만났으며 서울의 호텔 프린스에서 이 책의 퇴고를 했다. 지금은 없어진 객주와 21세기문학관도 많이 그립다. 광주의 호랑가시나무 창작소와 변산 바람꽃스테이도 잊지 못할 장소다.

이 공간들이 없었다면 나는 문학과 더 많이 멀어졌을지도 모르겠다. 조건 없이 내어주는 모든 호의가 나보다 나의 작품을 위한 것임을 잊지 않고 있다.

며칠 전 카페는 그만뒀지만, 도자기 수업은 아직 그만두지 않았다. 이런 식으로 살면 빚이 쌓일 거고, 그러면 지금보다는 좀 더 많은 소설을 쓰게 될 것이다.

싫으나 좋으나 삶은 그런 것 같다. 그래서 행복하다.

2022년 가을
연희문학창작촌에서
이지

| 수록 작품 발표 지면 |

나이트 러닝

슈슈 ··· 〈영화가 있는 문학의 오늘〉 34호(솔출판사, 2020)

얼룩, 주머니, 수염 ··· 〈한국일보〉 신춘문예(2015)

우리가 소멸하는 법 ··· 리디북스 우주라이크소설(2021)

모두에게 다른 중력 ··· 〈동리목월〉 44호(동리목월기념사업회, 2021)

대리석 궁전에 사는 꿈을 꾸었네 ··· 〈현대문학〉 724호(현대문학, 2015)

곰 같은 뱀 같은 ··· 〈악스트〉 9호(은행나무, 2016)

에덴—두 묶음 사람

나이트 러닝

ⓒ 이지 2022

초판 1쇄 인쇄 2022년 10월 24일
초판 1쇄 발행 2022년 11월 7일

지은이 이지
펴낸이 이상훈
편집인 김수영
본부장 정진항
문학팀 김다인 최해경 하상민
마케팅 김한성 조재성 박신영 김효진 김애린
사업지원 정혜진 엄세영

펴낸곳 (주)한겨레엔 www.hanien.co.kr
등록 2006년 1월 4일 제313-2006-00003호
주소 서울시 마포구 창전로 70 (신수동) 화수목빌딩 5층
전화 02-6383-1602~3 **팩스** 02-6383-1610
대표메일 munhak@hanien.co.kr

ISBN 979-11-6040-912-3   03810

• 이 책은 2018년도 한국문화예술위원회 아르코창작기금 지원사업에 선정되어 발간되었습니다.